# EN MER

SOUVENIRS ET FANTAISIES

PAUL BRANDAT

PARIS. — IMPRIMERIE ADMINISTRATIVE DE PAUL DUPONT
45, rue de Grenelle-Saint-Honoré, 45

# EN MER

## SOUVENIRS ET FANTAISIES

PAR

PAUL BRANDAT

PARIS

PAUL DUPONT
ÉDITEUR
Rue de Grenelle-Saint-Honoré, 45

PACHE ET DEFFAUX
ÉDITEURS
Rue de Rivoli, 164

1868

# EN MER.

---

La traversée était déjà longue... et c'était la France que nous allions revoir...

Nous étions parvenus dans la zone des calmes du Cancer.

Pas un souffle de brise ne ridait la mer bleue.

La houle imprimait au navire des oscillations douces et régulières, les voiles battaient contre les mâts avec un bruit agaçant.

On se parlait à peine.

L'un fumait, l'autre s'étirait les bras en bâillant.

Je faisais des ronds dans l'eau en crachant... mais bientôt cette distraction me devint insuffisante.

Je pris la plume... le résultat fut ce qui suit :

# UNE NUIT DE NOEL

# UNE NUIT DE NOEL

Pendant l'insurrection de Go-Cong, on craignait une tentative des trois provinces de la Basse-Cochinchine, restées soumises aux rois d'Annam, contre la citadelle de Vinh-Luong, alors entre nos mains. D'après un traité passé entre la France et l'empereur Tu-Duc, nous devions rendre cette forteresse quand la révolte serait apaisée ; mais nous n'entendions pas qu'on nous la reprît.

Vinh-Luong est un grand ouvrage carré, en terre, défendu par quatre bastions. Des fossés profonds, en communication avec le fleuve, l'environnent; pleins à mer haute, ils laissent à découvert, à marée basse, une boue liquide et sans fond.

La forteresse, d'après un principe de tactique annamite invariable, est au sommet d'un angle formé par le fleuve même et par un de ses bras.

La petite chrétienté du Père Le Goff s'était établie sur la rive aux pieds du rempart, à l'abri de notre pavillon. Une grange en aréquiers, construite à la hâte, et recouverte de feuilles de palmiers, servait d'église. L'autel orné de clinquant oriental ne manquait pas d'originalité. Des images d'Épinal formaient les différentes stations du Chemin de la Croix. Les siéges se composaient de longs bancs de bois posés sur la terre battue. Un gong tenait lieu de cloche et appelait, par un son éclatant, les fidèles à la prière.

Autour de l'église étaient groupées les paillottes des chrétiens, maisons d'une simplicité toute évangélique. Un certain nombre de coffres composait un mobilier, dont la nature indiquait bien que les propriétaires étaient prêts à abandonner de chétifs abris toujours menacés de l'incendie.

Je prends plaisir à tracer le portrait du Père Le Goff, car ce type de missionnaire est fort répandu.

Le Père Le Goff était un homme d'une cinquantaine d'années, grand, robuste et d'allure militaire. Bon, droit, loyal, d'une intelligence peu vive mais forte, il représentait dans toute sa pureté la nature bretonne. Il tenait à la fois du prêtre, du soldat, de l'aventurier. Il avait une grande foi. Sa nature essentiellement active et pratique n'était nullement contemplative. Il faisait les prières ordonnées consciencieusement, mais un peu machinalement peut-être. En revanche, il soignait les malades, et gouvernait tous les intérêts matériels et moraux de sa petite République avec une sollicitude toute paternelle. Peu désireux du martyre, il l'avait souvent bravé. Sans hésiter, il avait maintes fois joué sa vie, mais toujours en vue d'intérêts graves. Le goût des aventures, l'amour du danger l'avaient, autant que sa foi, jeté dans cette carrière périlleuse. A ses yeux, la vie étant un présent de Dieu, le chrétien, comme l'homme d'honneur, devait la défendre avec vaillance. Dans les circonstances où l'on se trouvait alors, il considérait donc le martyre comme un pis-aller à défaut de poudre et de plomb. Aussi sa chrétienté était-elle organisée militairement. Sa chambre avait l'air d'un arsenal, et son presbytère ressemblait à un camp de pieux bandits. Ce spectacle ramenait involontairement à 'époque de la Ligue. Une sentinelle vêtue d'une longue robe noire et d'un turban de même couleur, armée d'une longue pique, récitait son chapelet, près de la porte de l'église, avec une édifiante ferveur. Le doï (caporal), vêtu d'un costume analogue, porteur d'un léger sabre courbe, après avoir relevé le factionnaire, se mettait dévotement à genoux sur les marches extérieures de la chapelle.

C'était le 25 décembre 186 .

Des espions prévinrent d'un projet d'attaque des rebelles pour la nuit. Le commandant de la citadelle fit appeler le capitaine de la canonnière 54 en station à Vinh-Luong et lui dit :

— Ma garnison est trop faible pour que je me permette de dégarnir les murailles, je compte à peine un fusil pour dix mètres de rempart. Vous serez donc particulièrement chargé de la défense de la chrétienté ; si elle ne pouvait tenir avec votre aide, vous couvririez sa retraite dans le fort.

Ce jour-là le Père Le Goff était d'une prodigieuse gaieté. Il n'osait s'en avouer la cause, et mettait sa joie sur le compte de l'anniversaire de la naissance du Sauveur. Il disait vrai sans doute ; mais, d'autre part, il flairait l'odeur de la poudre avec un incontestable plaisir. Le capitaine de la canonnière le mit au comble du bonheur en lui faisant cadeau de deux petites pièces annamites prises par son navire sur un fort ennemi. Le Père, ayant reçu antérieurement un cadeau analogue, se trouva à la tête d'une batterie à laquelle il accordait plus de confiance qu'elle n'en méritait sans doute. Les fusils doubles furent distribués aux hommes de confiance ; ces armes renfermées dans le presbytère et entretenues par les mains mêmes du missionnaire ne voyaient le jour que dans les circonstances solennelles. Le Père Le Goff se réserva une carabine anglaise munie d'une baïonnette tranchante comme un rasoir.

Depuis huit jours le digne prêtre organisait des chœurs de jeunes filles et de jeunes garçons. Ses occupations militaires ne le détournèrent point complètement d'apprêts plus pacifiques.

A minuit tout le monde était sur pied dans la petite chrétienté. L'église resplendissait illuminée de lanternes chinoises en papiers de toutes couleurs. Dans un coin bien orné et bien éclairé, les Annamites venaient tour à tour fléchir les genoux devant le petit Jésus couché sur la paille. Les chœurs chantaient des noëls avec la voix nasillarde des orientaux. Des enfants revêtus de costumes éclatants et bizarres, coiffés de bonnets de papier doré dansaient devant le porche.

La canonnière ne pouvant être attaquée par eau, le capitaine descendit à terre avec seize carabines, laissant à bord le personnel strictement nécessaire à la manœuvre de la pièce.

Minuit sonna. Les femmes et les enfants entrèrent dans l'église. Les hommes vêtus de leurs habits de cérémonie, c'est-à-dire de la robe et du turban noirs, se tinrent au dehors, à la lueur des torches, appuyés sur leurs lances. On entendait, de temps à autre, sur les remparts de la citadelle les cris de *Qui vive!...* puis le bruit des fourreaux d'acier des sabres baïonnettes indiquant une ronde. Au pied de la citadelle et jusque dans le lointain se répétait le claquement des bâtonnets des sentinelles chrétiennes : deux petits coups secs — une pause... puis un troisième coup. Cela voulait dire : Bonne surveillance, tout va bien.

Le Père Le Goff commença la messe.

De temps à autre un doï revenait de patrouille; il déposait son fusil à la porte de l'église, entrait les mains jointes et la tête baissée, montait dévotement à l'autel après des génuflexions répétées, disait quelques paroles à l'oreille de l'officiant, et se retirait respectueux et recueilli.

La première messe finissait... Tout à coup les sentinelles annamites correspondirent par coups précipités.

Immédiatement le tam-tam de la chrétienté battit une mesure semblable. Les factionnaires des murailles au courant de ces signaux crièrent : *Aux armes!* On entendit alors dans la citadelle un cliquetis de fusils et de sabres-baïonnettes; la garnison se rendait à son poste de combat... Les factionnaires chrétiens se replièrent, en courant, derrière les seize carabines des marins placés perpendiculairement au chemin de la chapelle...

Un grand silence se fit...

Tout à coup des ombres s'agitèrent sur la route, approchant avec rapidité; quand elles furent à une distance d'environ trois cents mètres, les carabines s'abaissèrent lançant dans la nuit une longue traînée de feu. Les remparts petillèrent. Une détonation formidable se fit entendre à bord de la canonnière, l'énorme pièce envoyait sa puissante volée de mitraille... Des cris et des hurlements retentirent... Le Père prononça un mot annamite de sa voix mâle et forte : Les chrétiens poussèrent trois *ia!* retentissants... et tous en bloc partirent au pas de course, la pique en avant. A peine purent-ils rejoindre quelques fuyards blessés. Les rebelles, croyant surprendre des gens en fête, avaient été surpris eux-mêmes et détalaient au plus vite.

On prit des torches, et l'on se mit en quête des ennemis blessés. Le Père les pansait avec une tendre sollicitude; quant aux agonisants, il les baptisait sans rémission.

---

# DEJEUNER

## AVEC DES MANDARINS

# DÉJEUNER

## AVEC DES MANDARINS.

Après la prise de Go-Cong, mon ami Rosquellec, commandant la canonnière 54, fut désigné pour faire la police du Cambodge, entre Mithò et la commerçante ville de Sadek; cette partie du fleuve était alors infestée de pirates. Rosquellec fut ainsi l'intermédiaire naturel entre le commandant supérieur de Mithò et le gouverneur général annamite siégeant à Vinh-Luong (nous venions de rendre la citadelle), de même que le commandant supérieur de Mithô était l'intermédiaire naturel entre ce haut fonctionnaire annamite et l'amiral commandant en chef. Le capitaine de la canonnière 54 allait fréquemment à Vinh-Luong, où il trouvait le Père Le Goff avec qui il était en relation d'amitié. Deux fois par semaine, il envoyait du pain au missionnaire; grande amélioration dans la vie matérielle de cet homme dévoué qui, pendant plus de vingt années, avait été privé de cet aliment si cher aux estomacs européens.

Le missionnaire dit un jour à mon ami :

— Vous venez me voir souvent, choisissez donc le dimanche pour jour de votre bonne visite; vous entendrez la messe avec une partie de votre équipage. Cela fera un excellent effet sur les païens, et inspirera aux mandarins de bonnes dispositions à notre égard. Il est utile de leur montrer la France faisant toujours cause commune avec les chrétiens.

Le dimanche suivant Rosquellec fit route pour Vinh-Luong. Il arriva trop tard pour l'office, le missionnaire ayant avancé l'heure de la messe.

— C'est un petit malheur, dit-il à Rosquellec, vous reviendrez dimanche prochain. Vous n'en êtes pas moins le bien arrivé; c'est la Providence qui vous envoie. J'ai invité à déjeuner les mandarins de la citadelle; vous allez donc mettre à ma disposition votre cuisinier, vos provisions et votre cave ; je pourrai joindre ainsi un repas français à mon festin annamite. J'étais fort embarrassé, le menu était assez mesquin, à part un plat de coquillages fort estimés et vraiment dignes de ces grands officiers. — Votre présence donnera de la solennité à ma petite fête. N'oubliez pas surtout de venir avec une suite convenable.

Rosquellec envoya au Père les objets demandés et composa lui-même une batterie de bouteilles bien montée.

Une garde d'honneur composée de fusiliers marins s'établit au presbytère. Rosquellec avait une escorte personnelle, ainsi composée :

Un porte-cigarettes lié comme son ombre à tous ses mouvements. Ce jeune homme, d'une grande beauté, était habillé de soie éclatante. Un turban rouge, une chemise blanche, un pantalon bleu composaient son costume ; il avait mis ses plus beaux colliers et portait, avec une gravité magistrale, la boîte à tabac de bois noir incrusté de nacre ;

Un doï coiffé d'un turban noir et armé d'un léger sabre courbe suspendu par un cordon de soie ;

Un exécuteur des sentences de sa justice sommaire. Ce dernier avait sur le dos, dans un carquois, les baguettes de flagellation, dont les dimensions sont réglées par le code annamite ;

Un interprète, grave personnage élevé par les missionnaires pour entrer dans les ordres et redevenu laïque avant la prononciation des vœux ;

Enfin douze matas portant de longues lances, coiffés de chapeaux de roseau en forme de cône aplati et vêtus de courtes culottes et de courtes robes noires. Sur leur poitrine brillait un écusson bleu avec le nom de la province de Mithô brodé en caractères chinois.

Les mandarins invités étaient par ordre de prééminence : le Quan-Bô ou collecteur des impôts ; le Quan-An ou juge ; le général.

Le Père proposa à Rosquellec d'aller prendre les mandarins, chez eux, à la citadelle ; il accepta. Tous deux se dirigèrent vers le fort ; arrivés au pont-levis, ils laissèrent leur escorte. Le missionnaire, le capitaine et son indispensable porte-cigarettes entrèrent seuls.

Rosquellec ne franchit point sans amertume ces murailles sur lesquelles il avait vu naguère flotter notre drapeau, et ce corps de garde où la sentinelle de l'infanterie de marine lui avait rendu si souvent les honneurs militaires. Dans ces murs reposent à jamais bon nombre de nos compagnons d'armes.

Les deux Français, reçus à la porte par un officier annamite, se dirigèrent vers le pavillon du chef de la justice, et prirent, en passant, le général, vrai soudard à mine stupide et brutale. Le Quan-An, vieillard à figure fine et énergique avait une barbiche et une moustache blanches comme du lin; il portait une robe de soie bleue brochée et un turban de même étoffe. Le mandarin fit asseoir les étrangers et l'on servit des pâtisseries fort lourdes et du samchou de diverses couleurs. Les cheveux de Rosquellec se dressèrent d'effroi à l'idée d'avaler cette épouvantable eau-de-vie de riz d'odeur blessante, et dont l'ivresse généralement furieuse démonte les plus robustes estomacs. Néanmoins, il fallait bien faire contre mauvaise fortune bon cœur.

Après un quart d'heure environ on se leva pour aller prendre le Quan-Bô. Chez ce personnage ce fut même cérémonie, mais l'amphitryon ajouta au précédent menu des œufs de sarcelle à demi-couvés, qui condamnèrent Rosquellec à des prodiges d'héroïsme.

La séance fut enfin levée. Le Quan-Bô, ayant deux parasols pour insigne de son grade, en offrit un au capitaine; le Quan-An en fît autant à l'égard du missionnaire. A la porte de la citadelle, la suite de nos deux compatriotes se mêla à la nombreuse escorte des mandarins.

Avant de se mettre à table, il fallut prendre le vermouth, boisson fort appréciée des notabilités annamites.

— Père, dit Rosquellec, pour des gens qui vont banqueter, nous avons déjà un fonds fort respectable. Puisse leur maudit samchou nous être léger!

— Bah! répondit le Père, en avant... pour la Bretagne et au nom de Dieu!

Les mandarins faisaient rage en s'escrimant contre les mets français, mais, à notre point de vue du moins, avec un goût douteux. Le général, ne pouvant se rassasier de sardines à l'huile, en dévora une boîte entière.

Le porte-cigarettes remplissait avec esprit ses fonctions de Ganymède, et servait largement ses anciens maîtres. Les yeux des Annamites petillaient, et le Père les poussait à boire en les regardant sous cape d'un air narquois. La confiance s'établit bientôt, et la tendresse de l'ébriété commença à poindre dans les regards.

— J'ai, dit le Père, un certain vin d'Or que les moines du Mont-Liban nous envoient pour la célébration de la messe. Je crois la circonstance assez solennelle pour me permettre d'en distraire une bouteille.

Avant notre occupation le Père ne buvait du jus de la treille qu'au service divin. Cette vie musulmane avait dû être fort pénible à ce cœur breton.

Le nom du cru était bien trouvé, le missionnaire semblait réellement verser de l'or liquide.

— Père, s'écria Rosquellec, dans le ravissement, quand il y eut trempé ses lèvres, c'est un vrai nectar.

— Oui, répondit le Père Le Goff d'un ton piteux, mais je n'en bois qu'à la messe.

Les figures mandarines exprimaient une vraie béatitude; le capitaine suivait avec inquiétude la baisse du niveau dans la bouteille.

On servit un grand plat de coquilles terrestres nageant dans une sauce noire d'une odeur fort agréable.

— Par Sainte-Anne du Portzic, Père, voilà de fameux coquillages!... votre vin d'Or est seul digne de les arroser.

— Puisque vous invoquez notre digne patronne...

Le missionnaire se leva laissant sa phrase inachevée... une seconde bouteille en était le complément.

— Allons, dit-il, c'est le coup de grâce de ces païens; ils ne seraient point contents s'ils ne sortaient d'ici pleins comme des outres... C'est pour la bonne cause!... Si nous sommes un peu gris, je prends le péché sur moi.

— A Sainte-Anne de la Pallu! dit Rosquellec en vidant son verre.

Ces paroles furent prononcées d'un ton inspiré, le Père dit aux Annamites que le capitaine portait la santé de leur Empereur ;... ils vidèrent leurs verres d'un seul trait.

Les trois turbans oscillèrent, un rire béat anima les lèvres mandarines, et les trois invités coulèrent de leurs siéges.

— A nous la victoire, Père! s'écria Rosquellec avec enthousiasme, j'eusse été désolé de voir ces coquins témoins de ma chute... A moi, Tao! dit-il au porte-cigarettes, viens me coucher, et pendant mon sommeil lave-moi la tête avec de l'eau fraîche et du vinaigre.

Le Père avait dans sa chambre un petit autel consacré à la Vierge, mon ami prit la première marche pour oreiller et s'endormit profondément. Après deux heures de repos, il ouvrit les yeux, et quand le fidèle Tao lui eût versé deux seaux d'eau sur le visage, il se trouva frais comme un bouton de rose. Son premier mouvement fut d'aller voir son compagnon. Le missionnaire confus, dolent, malade, avait la mine de Lazare à la sortie du tombeau.

— Par Sainte-Anne d'Auray! dit Rosquellec, si les païens sont battus, les chrétiens ont du plomb dans l'aile.

— Ah ! s'écria le Père d'une voix déchirante, que ces coquillages sont lourds !...

— Comment !... lourds... les coquillages ?... Que diantre ont-ils à faire en tout ceci ?... nous ne pouvons le nier, Père, nous nous sommes grisés comme des pandours...

— Vous croyez ?

— Comme en la Sainte-Église.

— Eh bien !... après tout... où est le mal ?... C'est pour la bonne cause... S'il y a péché, je le prends sur moi.

— Morbleu ! Laissez-moi mon demi-péché... Nous avons joliment avancé les affaires de la chrétienté aujourd'hui... Deux ou trois sermons comme celui-là, et ces païens seront convertis.

— Ah ! dit le Père tristement, vous ne les connaissez guère,... nous autres Bretons ne prenons point les gens en traîtres quand nous avons choqué le verre avec eux... mais si ce bandit de Quan-Dinh, qui tient encore la campagne, vous entamait, ces brigands de mandarins nous feraient massacrer sur l'heure.

---

# EN GUYANE

# EN GUYANE.

---

## LETTRES ET NOTES.

---

### I

Cayenne !

Ce nom sonne lugubrement à l'oreille.

Tout d'abord il éveille le triste souvenir de nos dissensions politiques. C'est le cimetière naturel des victimes de nos révolutions.

Un jour, espérons-le, les fils d'Adam se dépouilleront peut-être de leurs sots préjugés. Alors ce nom de Cayenne rappellera, dans la grande épopée de l'histoire, un fait bien autrement grave que nos plus sanglantes batailles; je veux parler de la découverte de l'accourcissement du pendule battant la seconde à Paris.

Ce pendule est plus court de trois demi-lignes par cette latitude. Telle fut en 1672 la découverte de Richer.

Quand le grand Newton eut connaissance de ce fait capital, il l'analysa avec soin.

De ses travaux il résulta :

1° Deux demi-lignes d'accourcissement ont pour cause la force centrifuge.

2° Un accourcissement d'une demi-ligne est dû au renflement de la terre à l'équateur.

La rotation de la terre était démontrée par un fait tangible. L'expérience avait confirmé la théorie de Copernic et de Galilée.

L'aplatissement du globe était à la fois une seconde preuve de la rotation terrestre et une démonstration de l'antique état de fluidité de notre monde. L'histoire physique de notre planète avait un point de départ authentique. C'était aussi la base de la sublime cosmogonie de Laplace, œuvre de Titan.

La pensée, c'est tout l'homme. Or, jamais le champ fécond de la pensée humaine n'a été et ne sera le théâtre d'une révolution aussi profonde : notre monde devenait un atôme perdu dans cet univers jadis créé pour l'homme.

## II

Dès l'arrivée sur rade, ma vue fut péniblement affectée par l'aspect lugubre de trois pontons à couvertures de bardeaux ; à leurs sabords étaient fixées des grilles. Je reconnus ces sombres vaisseaux de Toulon, ancien séjour des condamnés. C'étaient les nouveaux bagnes. Rien à première vue ne faisait supposer un progrès.

A mon débarquement je trouvai un groupe de transportés.

Le type des galériens n'a point été modifié par le changement de latitude, le costume seul a varié. Ce sont bien les mêmes figures patibulaires, auxquelles le climat et l'anémie donnent une expression plus hideuse encore. Un grossier chapeau de paille a remplacé le bonnet vert ; la vareuse et le pantalon de toile ont succédé à la casaque de drap rouge, à la culotte jaune de même étoffe.

Grande amélioration, les condamnés ne sont plus accouplés.

C'était un horrible supplice d'être rivé nuit et jour à un être antipathique d'abord et bientôt détesté. Ce fut souvent une cause de meurtres dans les anciens bagnes.

L'air misérable et souffreteux de la ville frappe douloureusement. Les nombreux fonctionnaires attachés au service pénitentiaire lui donnent seuls une vie artificielle. Si l'on changeait le lieu de la transportation, peu de temps après Cayenne serait réduite à une misérable bourgade habitée par quelques nègres.

## III

X, chirurgien aux îles du Salut, tançait vertement un infirmier ivre. Le condamné lui dit d'un ton sardonique :

— Me traiter ainsi, monsieur, moi qui vous ai fait faire votre première communion.

X reconnut en effet son ancien confesseur.

Les îles du Salut sont formés de trois îlots :

L'île Royale affectée aux condamnés au bagne ; — l'île Saint-Joseph affectée aux repris de justice ; — l'île du Diable affectée aux libérés ayant droit au retour en France.

L'île du Diable fut le séjour des déportés politiques. Le commandant des îles, prétendait n'avoir aucune action sur eux, et ne pouvait assujettir à son gré, à la discipline, des gens auxquels il lui était interdit d'appliquer la bastonnade. A bout de ressources, il leur dit un jour :

— Puisque vous aimez tant la république, fondez-en une à votre gré. Je vous abandonne à vous-mêmes.

Il retira donc de l'îlot soldats et surveillants.

L'île du Diable est un rocher nu, jamais il n'y poussa même une gaule.

Les déportés élurent un gouvernement, qui fut nommé gouvernement des quatorze. Chaque semaine on recevait les vivres de l'île Royale, et tout allait au mieux dans la meilleure des républiques. Mais le commandant, ayant eu l'idée fâcheuse de faire une ronde dans la nouvelle Icarie, trouva, à sa grande stupéfaction, un petit navire en construction bientôt prêt à prendre la mer. D'où venaient les matériaux? Qui les avait fournis?

Nécessité l'ingénieuse.

Depuis longtemps il n'y a plus de déportés politiques à l'île du Diable. Quelques concessionnaires y cultivent des ignames et élèvent des volailles pour les vendre au personnel libre de l'île Royale. Je vis dans une de leurs cabanes, assis à une table, un homme d'une figure distinguée;

il écrivait avec rapidité et semblait profondément absorbé par son travail.

— Quel est ce transporté ? demandai-je.

— Ce condamné porte un des plus beaux blasons de France. Il passe sa vie à écrire à tout le faubourg Saint-Germain ; mais il n'est point fatigué par les réponses.

— Il est ici ... ?

— Pour faux.

— Voilà un homme bien coupable. Rien ne lui a manqué pour vivre honorablement.

Un employé fort intelligent du service pénitentiaire me faisait remarquer la proportion vraiment énorme des savetiers, cordonniers, tisserands, tailleurs..... Quand un homme, me dit-il, a immédiatement dans sa main , et par des moyens purement mécaniques, ses conditions d'existence, sa moralité est bien plus exposée. Les travaux, dans lesquels la lutte est nécessaire contre de grandes forces ou de grands hasards, ont au contraire une puissante action moralisatrice.

## IV

En face des îles du Salut se trouve le bourg de Kourou. Sous le règne de Louis XV, une expédition de douze mille colons y fut dévorée en trois mois. A peine quelques personnes purent-elles échapper aux émanations pestilentielles des marais environnants. Ces douze mille personnes formaient la société la plus mélangée. Il y avait des laboureurs et des croupiers de pharaon, des gentilshommes et des courtisanes.

Cette terre de Guyane est revêche pour l'homme blanc, elle sait ne point lui être destinée. A la race mongolique, il appartient de féconder ces plaines riches et dangereuses, déversoir naturel du trop plein de l'Asie.

Après Kourou, Sinnamari, petit bourg pourri, entouré de vase et de fétides palétuviers. Là vécurent Collot-d'Herbois, Billaut-Varennes, l'homme de bronze ; tel il fut à la Convention, tel il fut dans l'exil. Là, le conquérant de la Hollande, dans une pirogue légère, armé de la pagaye et de l'arc devint plus habile à flécher le poisson que les Indiens les plus adroits.

A l'ouest de Sinnamari le village fangeux d'Iracoubo. Quels sont, un peu à droite, ces points grisâtres qui tranchent sur le sombre feuillage de la berge?

Ce sont des carbets indiens, humbles vestiges d'une race à peu près disparue. Pourquoi s'évanouit-elle ainsi ? Il est difficile d'en déterminer la cause. L'aborigène n'y fuit point devant la culture comme dans l'Amérique du Nord.

Le pionnier européen ne lui a point ravi ses terrains de chasse ; les roues des bateaux à vapeur n'ont point fait fuir le poisson de ses rivières. Il est le roi de ses forêts comme au jour où Colomb découvrit les bouches de l'Orénoque.

Deux plans de feuillages inclinés à quarante cinq degrés, tel est un carbet. Un ou deux pots en terre, une gargoulette, des flèches, trois ou quatre hamacs constituent un mobilier indien. La femme cultive quelques ignames, l'homme dort à peu près perpétuellement ; la chasse parfois l'arrache au sommeil, mais cet exercice coûte beaucoup à sa paresse ; le plus souvent il pêche. L'abondance prodigieuse du poisson lui offre une proie assurée et facile.

La faim même ne réussit pas toujours à vaincre l'inertie de cette race indolente.

Ainsi vit l'Indien sans vice et sans vertu, semblable aux autres hôtes des forêts.

L'ivrognerie seule le fait sortir de sa torpeur. A certains jours, enfants et jeunes femmes, assis en cercle, mâchent une plante particulière ; quand elle a été broyée par ces moyens primitifs, elle subit la fermentation dans l'eau. Ainsi se fabrique le cachiri, boisson fortement enivrante.

*Man being reasonnable must be drunk.*

## V

Les Indiens, comme Bancroft l'a établi avec certitude dans son ouvrage sur les origines de la colonisation, ne se sont jamais élevés d'eux-mêmes à l'idée d'un dieu unique.

La vraie religion primitive est l'humble fétichisme, qui plus tard s'épanouit en polythéisme avec le développement social. La race rouge s'appropria avec une extrême facilité le dogme de l'unité de Dieu importé par les missionnaires ; elle accueillit avidement le monothéisme, mais son intelligence resta rebelle aux mystères et ne dépassa point la théologie du Grand Esprit.

Le fétichisme, religion des Indiens lors de la découverte du Nouveau Monde, règne aujourd'hui dans une partie considérable de l'Afrique; il fut la source de toutes les religions antiques.

Le fétichisme est la personnification des forces de la nature; c'est le sentiment de la vie, de l'existence personnelle, transporté dans le domaine des faits extérieurs.

L'homme primitif se sent vivre et se voit mouvoir, il a la conscience de sa personnalité; la vie, la personnalité sont pour lui la cause de tous les phénomènes naturels, comme elles sont la cause des effets produits en lui-même. Comme il est un être personnel et marche parce qu'il veut marcher, le fleuve est un être personnel et coule parce qu'il veut couler. Le fleuve est donc un être doué de vie et de volonté ; de là à le supposer sensible aux hommages, le pas est facile à franchir.

Il y a quelques années, à la recherche des mines d'or fantastiques, partant de la côte des Graines, j'avais pénétré assez profondément dans l'intérieur de l'Afrique. Je m'arrêtai dans un village où jamais blanc n'avait paru. Ma boussole me servit à dessiner à vue l'orientation du fleuve, je n'avais ni le temps ni les moyens de faire de meilleures observations. Les noirs eurent bien vîte trouvé la théorie de mon instrument : la boussole était un être vivant possédé de l'amour du Nord. Si je l'avais donnée à un chef pour se guider dans les bois, il l'eut sans doute, humblement priée, à deux genoux, de ne point avoir de fantaisie.

## VI

Les Indiens ont conservé un souvenir obscur des malheurs que notre avidité pour l'or attira sur leur race. Ils connaissent certainement des gisements aurifères ; mais cette connaissance est un secret terrible et sacré. M. C*** périt assassiné par les indigènes, pour avoir obtenu des révélations de l'un d'eux dans un moment d'ivresse. Un Indien du Maroni fut empoisonné, le jour même, par sa peuplade, pour avoir porté une petite pépite au commandant de Saint-Laurent.

Cela est certain, le sol de la Guyane renferme de riches terrains aurifères. Tout chercheur d'or doit y trouver la fortune, mais à des conditions difficiles à réaliser.

Une énergie indomptable, une activité de tous les instants, une santé de fer sont les premières qualités du mineur. Sa sobriété sera extrême, il ne redoutera ni privations ni fatigues. Un capital d'une dizaine de mille francs peut suffire pour tenter l'entreprise avec chance de succès.

M. B***, ouvrier d'artillerie, menuisier de profession, se fit mineur à l'expiration de son congé. Son petit pécule lui permit de louer quelques Chinois comme manœuvres ; lui-même, il construisit sur le placer les logis volants et les instruments de travail. Ses débuts heureux lui permirent bientôt de développer son exploitation.

Il y a dix ans, l'ouvrier d'artillerie partait pour les grands bois riche d'un millier d'écus ; aujourd'hui il possède 800,000 francs en belles terres de France. Il est rentré dans ses foyers laissant ses placers à des successeurs intelligents moyennant une rente annuelle de trente mille francs.

## VII

Dieu fait bien ce qu'il fait, sans en chercher la preuve.
En tout cet univers et l'aller parcourant,
Dans les citrouilles je la trouve.

J'étais à la Martinique et j'avais vingt ans. Elle avait nom Marie.

Sa mère, mulâtresse autrefois galante et belle, nous louait de modestes appartements, nous fournissait des cigares et les mille petits rien exigés, aux colonies, par la vie journalière ; nous aimions tous cette femme au cœur d'or. Si l'un de nous tombait malade, il trouvait chez la bonne Anna les soins d'une mère.

Quel âge avait Marie? Je ne sais. L'enfant allait devenir jeune fille. Elle était blanche comme un lis, les flots de sa chevelure tombaient en larges ondes sur ses épaules, sans ce crêpé, dernière mais généralement infaillible trace du sang africain. Jamais la nature ne mit sur un visage plus de grâce touchante, de douceur et de bonté.

Un soir je fumais, étendu sur un divan, causant avec Anna ; Marie entra sautillante et se jeta à son cou. Elle vint ensuite à moi et me tendit le front en rougissant. Je passai mes doigts dans ses beaux cheveux noirs, et je dis à sa mère :

— Marie sera la perle des Antilles; elle est bonne comme vous, jolie comme les anges du bon Dieu.

La mère soupira, une larme vint mouiller sa paupière. Le docteur X entra, prit un cigare ; je me levai et nous sortîmes ensemble :

— Avez-vous vu plus jolie enfant?

— Pauvre Marie !... La mort devrait bien la frapper ainsi.

Et d'où vous vient cet étrange souhait?

— Par hasard j'ai vu deux petites taches sur l'épaule de Marie... je connais ce cachet fatal... Marie est lépreuse...

Quelques jours après je partis.

. . . . . . . . . . . . . . . . . . . . . . . . .

. . . . . . . . . . . . . . . . . . . . . . . . .

Il y a dix-huit ans de cela.

Ces derniers jours, je rencontrai le docteur X sur le quai de Cayenne. Il arrivait de la Martinique :

— Et Marie?

— Marie est morte depuis longtemps. Six mois après notre rencontre chez Anna, ma sombre prophétie s'accomplissait. Le mal ne laissait plus de doute sur sa nature... Pendant cinq longues années, j'ai vu cet être charmant se fondre en pourriture, fragment par fragment.

— Pauvre Marie!... Demain je vais à la montagne d'Argent; demain, songeant à elle, je ferai le pèlerinage du camp des Lépreux.

. . . . . . . . . . . . . . . . . . . . . . . . .

. . . . . . . . . . . . . . . . . . . . . . . . .

La brise agitait le panache de fumée noire du bateau à vapeur.

La foule était grande au quai, d'ordinaire si morne.

Une goëlette accostée au quai larguait ses amarres et se

disposait à prendre les remorques du steamer. Il y eut un cri sourd coupé de sanglots à terre et sur la goëlette; sur la goëlette et à terre les mouchoirs s'agitèrent en signe d'adieu... Adieu terrible, éternel. Le petit navire partait pour la montagne d'Argent, chargé d'un convoi de lépreux.

En France, les sommités médicales se sont déclarées contre la contagion de la lèpre ; aussi l'opinion de la non contagion est-elle, dans notre pays, généralement admise. Aux colonies, où ce fléau est si répandu, le sentiment contraire a prévalu. On y est convaincu que la lèpre se contracte soit par la cohabitation, soit par une fréquentation continue.

Il y a peu de temps, une des sœurs chargées de l'ancienne léproserie de Mana fut frappée, et son retour en France ne l'a point guérie.

Un jeune médecin, attaché au même établissement, s'adonna corps et âme à l'étude de cette épouvantable plaie. Dix années s'écoulèrent dans ce travail pénible... puis, un jour, il fut atteint lui-même, et la mort lui ferma la bouche au moment où peut-être il allait s'écrier : Eurêka! Malheureusement son écriture était illisible, ses notes un chaos. Rien ne resta de cette longue lutte, ni de cette mort si honorable et si horrible.

Le gouvernement et le conseil de la colonie justement effrayés des ravages de l'immonde maladie dans toutes les régions sociales firent appel au célèbre aphorisme : *Salus publica suprema lex est*. Le transfert en masse de tous les lépreux à la montagne d'Argent fut décidé.

Certes, jamais question de droit plus solennelle ne fut débattue. Jamais deux principes respectables ne se trouvèrent en aussi flagrante hostilité : d'un côté le salut public, de l'autre la liberté individuelle.

Est-il admissible que la police munie de nouveaux pouvoirs puisse pénétrer dans l'intérieur des familles, non-seulement pour s'y enquérir du motif qui vous retient à domicile, mais encore pour s'assurer par elle-même de la nature de votre maladie ? Ou bien cette police, tendant l'oreille aux propos malveillants, aux dénonciations souvent calomnieuses, ira-t-elle appeler ce nouveau genre de suspects devant un conseil de santé, tribunal exceptionnel armé d'un pouvoir dictatorial sur la liberté des citoyens ?

La société peut-elle interdire à la fille de soigner son vieux père ? ou même au serviteur dévoué de prodiguer les secours de son affection au péril de sa vie ?

D'autre part, n'est-ce point pour la société un devoir sacré de conserver la pureté de son sang ? Si, comme cela semble certain, la lèpre est contagieuse sous les tropiques, n'est-ce point, pour l'administration, un devoir absolu de l'empêcher de se répandre ?

Si chacun peut avoir le droit de s'exposer soi-même, la société n'a-t-elle point aussi le droit d'intervenir et de vous défendre, malgré vous, contre un péril dans lequel vous entraînez votre postérité?

N'est-ce pas une nécessité de séquestrer les lépreux, parce qu'ils peuvent momentanément dissimuler leurs plaies et satisfaire leurs appétits ? Car cette horrible maladie exalte les sens au lieu de les calmer.

Qui l'ignore? Les malheureuses lépreuses, à la faveur des ombres de la nuit, les unes par besoin, les autres emportées par les sens, errent dans les rues à la recherche d'amours de quelques instants.

Ici, comme en bien d'autres cas, mais rarement dans une circonstance plus délicate, se dressaient ces deux éternelles questions de la politique :

Quelle est la limite de l'action sociale ?

Quelle est la limite de la liberté individuelle ?

Il y a sur cette matière si peu de règles positives, que la solution en est le plus souvent une affaire de tempérament et de race. L'Anglo-saxon tend à exagérer la liberté individuelle, le Latin, l'action sociale.

Ces graves questions roulaient en mon esprit, et mon

cœur ému à la vue des sanglots, des mouchoirs agités disait : ces malheureux aiment et sont aimés...

La montagne d'Argent est un cap pittoresque, uni à la terre ferme par des marais et des bois de palétuviers. On y a fait des travaux herculéens pour l'établissement d'un pénitencier ; mais il était insalubre pour les Européens et manquait de terres cultivables. Les inconvénients d'un mouillage dangereux ont décidé à l'abandonner à peu près entièrement.

A la montagne d'Argent on est séparé du reste de l'univers ; une voile, parfois, dans le lointain, rappelle seule l'existence d'un monde où il est du moins permis de rêver le bonheur.

La végétation tropicale déploie tout son luxe sur cette terre baignée par les flots, caressée par les fraîches brises de mer. Cependant son aspect est morne. Je ne sais quoi vous prévient que cette resplendissante verdure couvre de son ombre d'horribles mystères. Ici le camp des transportés, là le camp des lépreux. Le forçat y devient un aristocrate et regarde avec dédain un être plus abject.

Cet être n'a jamais fait de mal à personne. — Peut-être même a-t-il fait le bien dans la mesure de ses forces. — Il a été bon fils, ami sincère, père dévoué. — Il a le cœur droit, l'âme honnête et sensible, — mais l'*anankè* l'a frappé, c'est moins qu'un forçat, c'est un lépreux.

Le forçat, lui, peut espérer encore... la fortune a de si étranges retours.

Il y a quelque trente ans, un brig pirate capturé faisait son entrée dans la rade de Brest. Sa coquette mâture inclinée, ses formes fines, ses dix-huit canons de bronze étaient pour moi une source intarissable d'enthousiasme, d'admiration enfantine. Le capitaine — le dernier écumeur de mer, digne de ce nom — fut condamné au bagne... il s'évada. Vingt ans après je l'ai retrouvé couvert de titres, chamarré de décorations, consul d'une république américaine à la Havane. C'était le lion de cette reine des Antilles. On admirait la grâce de sa volante, la beauté de ses chevaux. Quand il roulait sur le passeo dans son riche équipage, les dames lui gardaient leurs plus frais sourires... Nommé, peu après, ambassadeur en Espagne, il vit l'élite de l'aristocratie européenne encombrer ses salons. Mais le lépreux, lui, n'a pas d'espérance... A son aspect, la divine charité, elle-même, se voilant la face, fuit à tire d'aile, et lui laisse pour compagne le spectre de l'universelle horreur.

Noble et sainte sœur de Mana, toi qui as été frappée par amour pour tes frères, sois trois fois bénie ! Et, s'il est un ciel pour les nobles cœurs, puisses-tu y avoir trois fois la beauté des anges! Je t'admire, je t'aime, mais si je t'avais vue, sans doute, malgré moi, ta présence m'eut causé un invincible dégoût.

A la Montagne, les lépreux forment une société à part. L'Église consacre leurs unions. Le plus souvent, la nature prévoyante rend ces mariages inféconds; toutefois les naissances ne sont pas exceptionnelles. Dès les entrailles maternelles, voilà des êtres maudits :

« Lorsqu'ils n'étaient point encore nés, j'ai aimé Jacob « et j'ai eu Esaü en aversion. »

C'est le péché originel.

Sous une forme ou sous une autre, nous héritons des fautes ou des malheurs de nos pères. C'est la raison d'être des aristocraties. Mais le fait n'est point le droit. La conscience humaine proteste contre cette doctrine du péché originel et proclame la doctrine humanitaire. Elle travaille avec ardeur à dégager l'homme de la fatalité de la naissance... Par le travail et la science elle y arrivera...

. . . . . . . . . . . . . . . . . . . . . . . . .

. . . . . . . . . . . . . . . . . . . . . . . . .

L'auteur de *Salâmmbo* a décrit une lèpre; ceux qui aiment ces descriptions, en ouvrant un livre de médecine, y trouveront la lèpre du suffète et cent autres plus effrayantes encore... A mon arrivée au camp, mes regards furent attirés par une mulâtresse de dix-huit ans, d'une figure intéressante et régulière. La maladie n'avait point encore imprimé sur sa face ses hideux stigmates. Le tronc à demi-nu laissait voir des formes jeunes, élégantes, harmonieuses ; mais... les premières phalanges des mains, ici, étaient tombées, là, les secondes... des doigts entiers manquaient... Les membres s'étaient affreusement amaigris, contournés, desséchés. La maladie leur avait donné une couleur brunâtre... Un tronc de jeune fille beau, florissant de santé, terminé par quatre branches mortes...

Au seuil de la léproserie, comme au seuil des éternels supplices, on pourrait mettre cette sombre légende :

... Voi che intrate
Lasciate ogni speranza.

Pas d'espoir pour le lépreux... il assiste fatalement à sa décomposition. Vivant, il est témoin, sur son horrible personne, de l'infecte élaboration du tombeau.

A gauche de Cayenne, la montagne d'Argent, à droite, les pénitenciers... lèpre physique, lèpre morale... Tu as appelé, ô Guyane, tous les sphinx dans ton sein !...

Parfois on se tâte involontairement, et, respirant à pleine poitrine, on laisse échapper ce cri lâche, égoïste :

Que je suis heureux de n'être point lépreux ! Que je suis heureux de n'être point forçat !

Je n'ai nulle envie de sonder les mystères du libre arbitre ; mon ignorance est celle de tous les penseurs. Je le sens bien, si l'on n'admet le libre arbitre , il n'y a ni justice, ni société possibles. La responsabilité est le grand ressort social. Liberté ; responsabilité ; — devoir, solidarité ; voilà les quatre points cardinaux en politique comme en morale.

Je ne puis discuter le libre arbitre, je le sens en moi.

Comme tous, j'ai subi des tentations violentes... comme tous, j'ai gravement failli... Mais du fond de mon cœur bouleversé par la tourmente une voix intérieure criait : Tu es libre !... Si tu succombes, frappe humblement ta poitrine et dis : j'ai voulu succomber...

Je ne puis le nier, j'ai toujours entendu cette voix.

Souvent j'ai réfléchi aux amères plaisanteries de Pascal sur la grâce suffisante qui ne suffit pas. Comme lui, je ne comprends guère une grâce suffisante qui ne suffit pas... Et cependant, c'est bien quelque chose d'analogue qui se passe dans nos cervelles.

En dépit de toute philosophie, il est bien difficile de voir de près les habitants des bagnes sans croire à une sorte de prédestination, sans se demander si une horrible fatalité n'a pas voué de pauvres humains à la lèpre morale, comme elle en a voué d'autres à la lèpre physique.

Un directeur de pénitencier, observateur intelligent, me disait : En toute conscience, les trois quarts des gens que j'ai ici ont un cerveau incomplet.

*Anankè.*

## VIII.

On se souvient peut-être de la tentative faite par le gouvernement, il y a quelques années, pour introduire des noirs de la côte d'Afrique dans nos colonies. Elle échoua. La loyauté de l'administration fut trompée par la compagnie chargée de cette opération; le transport des prétendus colons libres dégénéra en une véritable traite.

Au nombre des noirs ainsi importés se trouvait un certain Rongou.

Sans doute, prisonnier de guerre, il avait été échangé une première fois contre quelques feuilles de tabac, une seconde contre une pièce de coton rouge, la troisième contre un fusil... Après avoir ainsi passé de mains en mains, il arriva, pieds et poings liés, à un comptoir français, où il se trouva transformé, certainement sans en avoir connaissance, en engagé volontaire.

La vie civilisée se présenta au Rongou sous des formes peu riantes : Le travail du matin au soir, et la schlague pour lui en inspirer le goût. Ennuyé d'un système de vie peu d'accord avec son tempérament, il prit une barre de fer et s'enfuit dans les bois. C'était un homme petit, mais admirablement fait, d'une agilité et d'une souplesse de tigre, — petits pieds, petites mains, délicieuses attaches, figure sauvage, front nul. Perché sur un arbre, il guettait une proie; quand il l'avait aperçue, il se blotissait sur sa route, et lui déchargeait sur la tête un coup de sa barre de fer. Pendant plusieurs mois, il tint Cayenne en état de siége. Malheur aux gens portant des vivres au marché! Malheur à la femme passant à sa portée, si le Rongou était en humeur amoureuse! Il la tuait et assouvissait sa rage sur le cadavre chaud et sanglant. Une de ses victimes, laissée pour morte au milieu du chemin, revint plus tard à la vie; c'était une jeune mère qui tenait son enfant sur son sein; prenant par les pieds la frêle créature, l'Africain lui brisa le crâne sur un tronc d'arbre avec une impassibilité parfaite.

Le jugement, le tribunal, les formalités de justice, furent naturellement de l'hébreu pour notre sauvage. L'avocat chargé d'office de sa défense se contenta de réciter ces deux vers d'une romance connue :

Dieu seul a droit sur tout ce qui respire,
Ne pouvant rien créer, il ne faut rien détruire.

Le Rongou n'est pas un coupable qu'on a jugé, c'est une bête fauve qu'on a tuée.

Il marcha avec indifférence à l'échafaud, fraîchement baptisé par les Pères.

## IX.

Pendant la traversée de France à Cayenne, un transporté, d'environ cinquante ans, nommé Vage, s'éprit violemment d'un jeune homme auquel il donnait tout son pécule; le voyant dépenser à la cantine un argent dont il suspectait l'origine, il lui dit :

— Regarde ce que je vais faire...

Et il se mit à aiguiser son couteau.

— Ce n'est pas pour cette fois, ajouta-t-il, mais reste tranquille.

La cantine avait des charmes auxquels le jeune homme ne sut point résister; le vieux transporté lui dit simplement :

— Ton compte sera réglé ce soir.

En effet, le soir venu, après avoir poignardé l'ancien objet de son affection, il mutilait son cadavre et le déchirait en lambeaux.

Vage fit parade devant le tribunal de la plus cynique férocité. Il répondit avec d'horribles ricanements aux exhortations du prêtre :

— Oui, je regrette de l'avoir tué... parce que j'aurais maintenant une immense joie à lui plonger mon couteau dans le cœur.

A l'îlet la Mère, quatre forçats en lapident un cinquième dans l'intention de le voler. La victime immolée, ils eurent la cruelle déception de partager huit sous. Un autre condamné, caché derrière un roc, assistait tranquille, indifférent à ce spectacle; hors de la portée des assassins, d'un cri, sans danger personnel, il pouvait appeler la garde et arrêter le meurtre. L'impassible témoin du crime, appelé devant le tribunal, répondit à l'indignation du président :

— Mon président, je ne me mêle jamais des affaires d'autrui. Je ne serais point ici, si l'on ne s'était pas mêlé des miennes.

Avec de pareilles natures la peine de mort n'est-elle pas une nécessité?

Pendant deux années de séjour à Cayenne, j'ai compté environ un meurtre par mois. Tous, à peu près, avaient pour cause la jalousie. Nul ne croirait la violence des féroces amours qui bouillonnent dans cet égout.

Je n'ai eu connaissance que d'un seul assassinat de surveillant; pas un officier n'a été tué depuis la fondation des pénitenciers; et cependant on en a vu, autrefois, pousser la sévérité jusqu'à la barbarie.

Il est bon de s'en souvenir, au début de la transportation, les condamnés, dans leurs évasions, ne reculaient point devant le meurtre. Ils espéraient alors trouver à Démérari un abri contre l'échafaud. La chute seule de quelques têtes a mis un terme à cet état de choses.

## X.

Quarante femmes entassées dans une chaloupe quittaient le quai pour embarquer sur un bateau à vapeur en partance pour le Maroni.

C'était un bizarre mélange de toilettes aux couleurs criardes. L'impudeur et l'impudence s'étalaient sur ces physionomies flétries par tous les vices.

Suivant leur expression, elles sortaient de *la Centrale*. Leur âge variait de vingt à quarante ans. Dans l'embarcation, les jurons, les injures, les chansons décolletées et les propos obscènes se croisaient avec bruit... A bord, le tumulte se calma. Deux sœurs de Saint-Joseph avaient la surveillance de ce troupeau de brebis très-égarées. L'une de ces religieuses, de figure agréable, avait passé l'âge de la jeunesse; l'autre avait vingt ans à peine, une petite main blanche, un visage délicat et noble. Quel contraste ! Le contact de cette pureté, de cette angélique fraîcheur avec toutes ces abjections blessait. Ces limpides regards tombaient sur des gestes indécents, et quels propos froissaient ces chastes oreilles !

Ces pauvres filles — je parle des transportées, pourquoi ne pas les plaindre ? — avaient été indignement trompées. Des agents subalternes, chargés de faire le racolage pour la Guyane, les avaient induites dans la plus grossière erreur. Séduites par de menteuses promesses, elles croyaient trouver un nouvel Eden; elles se voyaient déjà mariées, propriétaires, menant une douce petite vie de chalet. La traversée fut très-gaie. Mais quand on mouilla devant le pénitencier de Saint-Laurent à l'aspect morne et triste, et que les chaloupes armées par ces forçats à mines patibulaires, vinrent prendre les condamnées, ces misérables créatures se mirent à pleurer. Un surveillant leur dit alors, d'une voix railleuse, en montrant les odieux rameurs : Mesdames, voilà vos époux ! l'une d'elles, qui avait conservé quelque grâce féminine, toute en larmes, m'émut en disant : Les malheureux, nous n'avons pas le droit de les mépriser... mais les épouser, jamais !...

Et cependant il le faut... soumises à la tracassière discipline des sœurs de Saint-Joseph, les transportées se marient pour échapper à ce joug.

Le dimanche, les sœurs de Saint-Joseph promènent leur troupeau féminin, en files déterminées, sur la grande route du Maroni; les condamnés y rencontrent leurs futures. L'échange des œillades se fait sous la surveillance de la police. Quand un transporté a ainsi trouvé un cœur répondant à sa flamme, il adresse sa demande à l'administration en indiquant le numéro de la fille. Autorisation est donnée aux amoureux, pendant trente jours, de causer en présence d'une sœur. Au bout du mois, si les fiancés se conviennent, le mariage est conclu. Les conjoints, après une petite fête champêtre, prennent possession de leur domicile, et, à l'instant même, la nouvelle épousée, commence généralement son commerce sous l'égide de son mari.

Je l'avoue, la question me semble fort grave.

Le gouvernement, la société, font-ils bien de pousser à ces mariages ?

La charité, la raison, conseillent-elles d'unir des assassins à des filles perdues ?

A-t-on bien réfléchi à l'effroyable responsabilité qui incombait à la société vis-à-vis des tristes fruits de ces unions ?

Est-il humain de favoriser la procréation d'êtres flétris dès le berceau, de misérables marqués d'avance du fer de l'infamie ?

Laissera-t-on à ces parents vicieux l'éducation de leurs enfants ?

Dans ce cas, si ces infortunés tournent à mal, la société n'aura-t-elle pas de reproches à se faire ?

L'action sociale substituera-t-elle son pouvoir tyrannique aux droits toujours sacrés des parents ?

Que deviendront ces enfants quand l'heure de prendre profession sera venue ? La société ne s'engage-t-elle pas à leur ouvrir une carrière ?

Quelle lourde charge pécuniaire, morale, surtout !

Dans quelle voie d'exceptions ne sera-t-on pas obligé d'entrer ! Le code français est fait pour un peuple libre, pour une société normale, basée sur la liberté civile. Le code français peut-il suffire à une société de parias, comme celle du Maroni? — L'expérience a dit non. Il aut un code exceptionnel à cette société exceptionnelle.

Que feront les chambres quand un tel projet de code leur sera présenté ? — Vont-elles briser l'unité de la loi ? Ne reculeront-elles pas devant les conséquences infinies d'une législation spéciale ? — Et cependant, si elles n'entrent point dans cette voie, on peut le déclarer d'avance, la tentative du Maroni avortera.

## XI.

Imaginez-vous, dans un pays plat et monotone, percée dans les grands bois une belle et vaste route, entretenue comme nos voies impériales, droite comme un I et se perdant à l'horizon. De chaque côté, cent cinquante mètres de terrain — ni plus, ni moins — péniblement arrachés à la nature sauvage sont livrés à diverses cultures : cannes, patates, ignames, caféiers... A deux cents mètres l'une de l'autre, de chaque côté, sur le bord du chemin, s'élèvent des maisonnettes bâties sur un plan uniforme. Ces demeures montées sur de forts piliers en bois sont blanchies à la chaux et recouvertes en bardeaux ; on y monte par un escalier qui conduit à une vérandah servant de vestibule. Le bétail passe la nuit et la grande chaleur sous la maison; ce lieu sert également au propriétaire à exécuter à l'abri du soleil divers petits travaux : préparation du manioc, de l'amidon, du tapioca...

De chaque côté, à l'infini, l'orgie végétale, suivant l'expression de Michelet, la forêt vierge... Vierge terrible, dont les baisers sont empestés, dont le sein couve la mort.

La lutte la plus gigantesque à laquelle notre espèce soit destinée est le combat corps à corps de l'homme avec cette nature fantastique et colossale des tropiques. En quelques jours elle efface, de sa végétation puissante, les efforts de longues années. Si le travailleur n'est pas constamment sur la brèche, routes, maisons, canaux, ponts, écluses, disparaissent sous un épais manteau de verdure sorti en quelques mois de cette effrayante fécondité.

La nature, sous les tropiques, n'est pas une marâtre ;

c'est un ennemi farouche dont il faut faire un esclave, esclave rebelle au joug.

Il est midi... c'est l'heure du repos.

La fourmi laborieuse, elle-même, interrompt son travail.

Car, c'est le soir que le sabbat commence, vraie ronde infernale des plus étranges créations enfantées dans le délire de la puissante nature. Alors le tigre mugit, le caïman pousse ses beuglements de taureau, le singe hurleur fait entendre ses effroyables notes, plus lugubres que toutes les rumeurs des hôtes antédiluviens de ces forêts... Si vous êtes dans le grand bois, vous sentez passer sur votre face le petit souffle du livre de Job ; le vampire vous a effleuré de son aile.

Mais le serpent dort au soleil...

Une case me frappa par son air de confort et de propreté exquise ; blanchie à la chaux, elle éblouissait aux rayons du soleil. Une petite grille de bois donnait accès dans un parterre proprement entretenu ; à droite un bouquet de cannes, à gauche un bouquet de caféiers. Sous la maison, un gros porc, le ventre traînant à terre, barbotait dans son auge ; des poules éparpillées faisaient la chasse aux insectes ; une belle vache au poil luisant, aux mamelles gonflées broutait au râtelier.

La porte était ouverte... Je vis à l'intérieur une vaisselle brillante. Quelques robes, quelques vêtements d'homme pendaient en ordre à des porte-manteaux. Sur les murs, d'un blanc de neige, se détachait une Vierge venue d'Épinal — il faut compter avec les Pères — et une image de Jésus crucifié, comme on en trouve en Bretagne, sous les toits de chaume. Je ne sais pourquoi me revint en mémoire ce verset écrit sur le tabernacle aux pieds duquel, enfant, j'avais prié :

Venite ad me vos omnes qui onerati estis et ego reficiam vos.

Un homme vigoureux, à la figure hâlée, vêtu d'un large pantalon de toile et d'une chemise entr'ouverte, laissant à nu une poitrine velue et des muscles herculéens, était assis sur la marche supérieure de la vérandah. Cet homme tenait dans ses bras un enfant dodu, mais pâle. Une jeune femme, d'une blancheur mate, à demi-couchée sur le plancher, appuyait la tête sur l'épaule de son mari, dont elle tenait le cou enlacé. Tous deux étaient penchés sur le pauvre petit ; je ne dirai point aux mères de quels tendres regards ils le baisaient.

Sans la pâleur ictérique répandue sur ces trois visages, on eut eu sous les yeux un charmant tableau. Triste pâleur, l'un des côtés ardus de l'immense problème dont la clémence et la charité chrétiennes cherchent, à Saint-Laurent-du-Maroni, la difficile solution.

Je fus surpris par un attendrissement involontaire ; cet enfant donnait à la scène un délicieux parfum d'innocence.

La jeune femme, au bruit de mes pas, redressa vivement la tête, et le groupe se leva respectueusement devant *l'homme libre*.

Peu après, je rencontrai le directeur du pénitencier. Vous avez vu là, me dit-il, un ménage modèle... Puis, avec une singulière intonation : Le mari a tué sa première femme, et la femme a tué son premier mari.

Qui sait ?... Si ces deux êtres, tout d'abord, s'étaient rencontrés au pied du même autel, verraient-ils rôder aujourd'hui, à leur chevet, deux spectres, leur demandant si, pour être heureux, ils ont assez expié ?

Sans doute, il faut croire au libre arbitre... Mais j'entends toujours tinter à mon oreille ce sombre verset de l'Écriture :

« Lorsqu'ils n'étaient point encore nés, j'ai aimé Jacob, et j'ai eu Ésaü en aversion. »

Si, comme tout porte à le croire, ce couple s'avance aujourd'hui dans la voie du bien, cela ne veut-il point dire qu'il est une autre rédemption que l'échafaud ?

Cependant la peine de mort est juste et morale... Si, au moment fatal, la victime n'a pas compris le repentir, c'est une bête féroce à face humaine, dont la société se défait comme du tigre et du serpent. Si, au contraire, le coupable a senti la bienfaisante rosée du repentir rafraîchir son âme, il doit monter à l'échafaud avec une joie sainte. Il a commis un crime, la mort le rachète. Le couteau, c'est la rédemption.

## XII

Après mûre réflexion, voici ma solution du problème de la peine de mort :

Tant que l'on trouvera des hommes assez dégradés pour remplir l'office de bourreau, l'humanité en aura encore malheureusement besoin.

## XIII

Mon cigare s'était éteint... J'entrai dans une concession.

Un homme aux cheveux grisonnants travaillait à réparer quelques instruments d'agriculture. Trois marmots barbouillés enlevaient les graines du fruit laineux du cotonnier. L'ordre et la propreté régnaient dans l'enceinte de clayonnage formant cour autour de la maisonnette.

— Veuillez, dis-je en saluant, me donner un peu de feu ?

— François, dit le vieillard, va chercher un tison pour monsieur.

— Vous avez là trois beaux enfants; l'aîné sera bientôt d'âge à manier la houe.

— Oui, et j'en serai bien aise, car ma pauvre femme n'est pas raisonnable ; elle travaille comme un homme, et s'exténue au soleil.

— Vous êtes établi depuis longtemps, sans doute, car votre concession témoigne d'un travail assidu.

— Oui, je suis un des anciens qui ont porté les premiers coups de hache dans la forêt... C'est demain le 10 août, la Saint-Laurent; je vois toujours revenir cette fête avec joie... Il y a douze ans de cela. Tout ce terrain défriché appartenait au grand bois. Des bateaux à vapeur vinrent mouiller dans l'emplacement actuel du débarcadère, des chaloupes furent armées, et l'on nous descendit à terre au nombre de quarante. Un petit coin de terre libre de lianes nous permit de prendre pied. Le commandant Mélinon et l'amiral Baudin débarquèrent. J'étais à le toucher ; il avait voulu se trouver seul avec nous ; surveillants et gendarmes étaient restés à bord. Nous étions autour de lui en cercle. Le commandant tendit une hache à l'amiral, l'amiral en frappa un tronc d'arbre... Je ne puis vous répéter ce qu'il nous dit alors... Les paroles coulaient de sa bouche comme du miel... Pour moi, sinon pour tous, ses promesses se sont réalisées... Nous pleurions en l'écoutant... Il nous dit de prendre courage ; nous allions avoir à lutter avec la terrible forêt, les fatigues, les maladies... Ce lieu, ajouta-t-il, sera nommé Saint-Laurent, du nom de mon patron. Ce sera un souvenir de moi, car l'entreprise immense que je viens fonder réussira... Quand, après une pénible journée, vous rentrerez à votre maisonnette, où votre femme vous attendra le soir préparant le souper... quand vos enfants viendront au-devant de vous, le plus petit pour porter le sabre d'abattis, l'aîné pour prendre le hoyau, le nom de mon patron vous rappellera l'amiral... Vous connaîtrez alors le bonheur avec la paix de la conscience, et le repentir aura jeté sur vos fautes le voile de l'oubli...

Les sanglots coupaient la parole au vieux condamné ; je me retirai ému.

## XIV

On peut voir ici, du premier coup d'œil, combien vaut la terre en elle-même.

Frédéric Bastiat l'a montré avec évidence, la terre a la valeur qu'on y a déposée.

Comme un défrichement dans un pays vierge est une œuvre colossale ! Quel effrayant combat l'homme doit livrer à la nature inculte pour la forcer à produire ! Il faut la violenter, cette prétendue mère ; et, pour tirer le lait de ses fécondes mamelles, il faut les tordre avec des mains de fer. Quel gigantesque quantité de *travail*, d'une part, de *capitaux*, de l'autre, s'engloutit dans la terre pour lui donner de la *valeur !*

Là est la véritable démonstration de la légitimité de la propriété.

Une autre leçon, bonne à prendre en passant, c'est l'incapacité absolue du gouvernement en matière d'industrie. On est forcément frappé de la minime importance des produits obtenus, comparée à la puissance des moyens employés. Et cependant à la tête de cette entreprise, il y a toujours eu des hommes intelligents et de bon vouloir !

Les Anglais ont pris une autre voie à Botany-Bay ; ils ont voulu fonder en prenant pour base la liberté quand même. Ils ont jeté, pêle mêle, sur le territoire australien, les déportés des deux sexes avec des instruments de travail et des vivres. Ensuite, ils se sont à peu près bornés aux mesures nécessaires pour empêcher les évasions, et ont laissé faire. Ce fut au début un effroyable chaos, un tumulte de meurtres et de vols ; puis, peu à peu, ces eaux furieuses prirent leur niveau, la fange se déposa. Par la magique puissance de la liberté, avec d'aussi détestables éléments, une magnifique colonie fut fondée.

Ce système ne m'éblouit point, malgré la splendeur du résultat.

Les Anglais voulaient, à tout prix, fonder une colonie avec la lie de leur population ; ils y sont parvenus par ce moyen héroïque. Mais est ce bien là réellement le but à poursuivre ?

La transportation peut être envisagée sous divers aspects.

1° Débarrasser la mère-patrie de gens dangereux.

Quand on voit de près l'effroyable population dont il s'agit, on ne peut regretter les sept ou huit millions dépensés annuellement pour son transfert en Guyane. Il n'y a pas d'argent mieux placé.

2° Les transportés sont des coupables, comptables d'un crime vis-à-vis de la société. Ils sont passibles d'une punition. Cette punition est nécessairement le travail forcé. Le gouvernement est donc conduit, par la force des choses, à se faire industriel. Comme industriel, il doit chercher à rentrer dans ses fonds, à réaliser le plus de produits possible. On ne doit pas se le dissimuler, l'administration n'arrivera jamais à des créations réellement productives ; les bagnes sont des ateliers nationaux dans les conditions les plus onéreuses, et avec les plus détestables éléments. Mais, il ne faut pas le perdre de vue, la production doit être un but secondaire, dominé par cet autre plus grave, la *punition*.

3° On doit surtout envisager la question capitale de l'amendement du coupable ; c'est là le côté grand et humanitaire de la transportation.

Faire entrevoir à ces malheureux, condamnés à l'esclavage, la possibilité du travail libre ;

Faire luire aux yeux de ces maudits la perspective de la propriété, de la famille, et la seule réhabilitation possible, c'est-à-dire une position convenable, dans un milieu où nul n'ait le droit de les faire rougir ;

Conduire, par ces moyens, à une vie honnête, des gens irrévocablement voués au mal dans leur pays;

Tel est le but de la transportation, but que le désir de produire a fait trop souvent oublier.

4° Coloniser une contrée féconde.

Ne point le perdre de vue, la colonisation est le moyen, le vrai but est l'amendement du coupable. La richesse du sol sera la conséquence de la régénération des habitants.

Trop souvent, il faut l'avouer, dans ces ménages formés par des éléments si détestables, l'époux voit en sa femme un objet de commerce. Survient un enfant, tout change, comme par enchantement, dans cet intérieur. Le mari, saisi d'un besoin de cœur inconnu, adopte cette progéniture, et, par une vraie grâce d'état, croit à sa paternité. Les enfants nés sous des lambris dorés ne sont ni plus aimés, ni plus choyés que ces pauvres petits.

Cela est certain, les transportés adorent les enfants. Il est permis d'avoir un espoir de salut.

Les directeurs des établissements agricoles préfèrent les assassins et les femmes condamnées pour infanticide. Chez l'homme, et chez la femme surtout, le crime offre plus de ressources que la débauche. Les filles mères, que la honte poussa à la destruction de leur triste progéniture, aiment ici leurs enfants jusqu'à la folie

Quant à la classe des repris de justice, filous et vagabonds, elle est jugée impropre à tout service, incapable de tout amendement. Après le crime, il peut y avoir repentir. Mais l'être dégradé qui étudie le Code pour le cotoyer sans cesse, qui vit avec la pensée arrêtée de substituer le vol au travail, est définitivement et foncièrement pourri. Quand on étudie de près cette incorrigible engeance, on remercie le gouvernement d'avoir débarrassé la mère-patrie de ce foyer de contagieuse putréfaction.

## XV

Les transportés communient beaucoup sur les pénitenciers.

Aux îles du Salut, à la grande édification des âmes pieuses, on voit souvent, le dimanche, huit cents forçats s'approcher de la table sainte. . . . . .

## XVI

Le commandant de Saint-Louis remontait, de nuit, la rivière de Maroni ; les ténèbres ne purent lui cacher une embarcation de singulier aspect ; il l'aborde. A son grand étonnement, il reconnaît l'infirmier s'évadant en baignoire; le malheurenx avait la prétention de gagner Surinam dans ce canot de nouvelle espèce.

Combien de fois les malheureux évadés, perdus dans les forêts, n'ont-ils pas eu recours aux affreux expédients du radeau de *la Méduse?*... Trop souvent les chasseurs ont trouvé, près de cendres et de tisons éteints, des ossements dont la forme indiquait assez l'origine....

Bien poignante est, pour l'infortuné tourmenté par la faim, la solennité des grands bois, silence de tombeaux, rarement coupé par un cri d'oiseau invisible... Un tapis d'herbes fines étendu comme la mer... Des colonnades, et des colonnades encore, soutenant à l'infini de sombres arceaux de verdure . . . . .

A la fondation du pénitencier de la Montagne, un transporté, nommé Courageux, monta une évasion, avec six de ses camarades. Trois d'entre eux servirent de pâture ; Courageux frappait la victime endormie ; on en boucanait une partie. L'horrible provision était mise en sac, et l'on continuait la marche... Après des fatigues inouïes, les évadés reconnurent leur point de départ : ils avaient tourné dans un cercle.

## XVII

— Eh bien, Père, voilà deux de vos pénitents recommandés à la clémence de l'Empereur, sans doute ils seront graciés... Vous devez être heureux ?...

— Pas tant que vous le croyez, ils étaient si bien préparés à la mort.

— Soyez convaincu, mon Père, qu'ils sont au moins aussi bien préparés à vivre.

— Oui, mais à vivre mal.... c'étaient deux âmes sauvées, ce seront bientôt deux âmes perdues....

— Ne vous désolez pas, mon Père, ils auront avant peu commis quelque autre petit assassinat qui les remettra entre vos mains, et leur ouvrira les portes du ciel.

## XVIII

— Vous ne vous asseyez pas, mon Père ?

— Non, merci, j'ai juste le temps de vous présenter mes souhaits de nouvel an.

— Vous voilà tombé des grandeurs.... de supérieur, vous êtes redevenu simple Père.

— Heureusement. J'en ai l'âme grandement soulagée, cette responsabilité était bien lourde....

— Sans doute. Mais il vous incombe aujourd'hui une mission bien dure, celle de conduire à la mort les malheureux condamnés par la justice humaine.

— C'est une mission bien pénible, il est vrai, mais Dieu a bien voulu y attacher d'immenses satisfactions..... Depuis que j'exerce ce ministère terrible, j'ai toujours eu l'incomparable joie de conduire au supplice de vrais repentirs....

— J'ai assisté à une exécution... Ce jour-là, mon Père, je vous ai béni du fond du cœur, vous et la religion catholique.

— Oui, je les ai bien préparés tous.... d'ailleurs, Sainte Thérèse nous l'apprend, sur cent suppliciés quatre-vingt-dix-neuf sont sauvés.

— Il y a beaucoup d'appelés et peu d'élus; cela porte à de singulières réflexions, mon Père.

## XIX

Au nombre des statuts de la compagnie de Jésus se trouve cette règle importante : un Père ne peut exercer des fonctions d'autorité pendant plus de trois ans, ce temps écoulé il doit reprendre le rang de simple Père. Par une dérogation à la règle, quelquefois le supérieur conserve la direction pendant six, très-rarement pendant neuf années; mais à cette limite extrême il rentre forcément dans la vie commune.

Le général seul fait exception.

Le Père G***, ayant exercé pendant six ans les fonctions de supérieur, fut remplacé par le Père de M***.

Le Père de M***, honoré dans toute la colonie, pour sa loyauté proverbiale, était un ancien capitaine du génie. Son épaisse chevelure grise, coupée court, conservait une expression martiale à sa physionomie. Un front large, bien développé, indiquait une tête habituée aux fortes pensées; ses yeux avaient de l'éclat malgré les atteintes de l'âge. La décision unie à une grande bonté était le cachet saillant de son visage.

Le Père de M***, revenant d'une mission au Maroni, arriva à Cayenne pour y prendre son poste.

Le Père G***, rayonnant de joie, se rendit à la rencontre du nouveau supérieur et lui adressa la parole avec la plus franche cordialité, mêlée d'un profond respect.

Le Père de M*** avait un sac de nuit, le supérieur de la veille le prit et se mit en devoir de le porter.

Il y avait quelques instants, cet homme tenait un rang élevé, jouissait d'un immense crédit, maintenant le voilà humblement, à la suite de son supérieur, porteur d'un sac de nuit. L'un est descendu du pouvoir avec la même sublime indifférence que l'autre y est monté.

## XX

Deux suicides ont eu lieu cette semaine parmi les transportés.

Un Chinois s'est jeté dans un puits.

Un pauvre diable de Français s'est pendu.

Voici en deux mots l'histoire du pendu :

La Providence l'avait fait naître stupide et repoussant de physionomie; mais, par compensation, elle l'avait doté de dix doigts à chaque main, et avait développé en lui des facultés qu'elle eut mieux fait d'éteindre. Il était connu sous le nom de Vingt-Doigts. Vingt-Doigts, condamné pour viol, fut conduit aux îles du Salut, où on le chargea des porcs de l'état-major.

Vingt-Doigts et ses pourceaux vivaient dans la plus tendre intimité. Ils avaient mêmes goûts, même intelligence, même conscience et même libre-arbitre. Leurs âmes furent, sans doute, pétries de la même immatérielle substance.

Que fit Vingt-Doigts ? — Je ne sais. Je puis l'affirmer, il ne se rendit point coupable de négligence envers ses chers pupilles. Cependant on le destitua de ses fonctions aimées. Vingt-Doigts embrassa une dernière fois ses amis en sanglotant, et, la nuit venue, se pendit.

Je ne sais pourquoi le Chinois s'est suicidé. Il est plus facile à ces gens-là de se tuer qu'à un ivrogne d'avaler un verre d'eau. La fantaisie leur prend d'aller voir l'autre monde, comme à un Parisien de contempler l'Océan.

Les suicides sont très-rares, sur les pénitenciers, parmi les Européens. Les Arabes se tuent plus que les Européens, moins que les Asiatiques. Les Indiens, Chinois et Cochinchinois font presque tous les frais de cette funèbre statistique.

L'Indien espère renaître en son pays sous la forme du joyeux bengali ou du respectable éléphant.

Le Chinois n'espère rien. Quand la vie l'ennuie, c'est une chaussure étroite qu'il jette au coin d'un carrefour.

L'Européen entrevoit toujours, dans le vague, la figure peu gracieuse de messire Satanas remuant, avec sa fourche, les pauvres humains dans sa marmite colossale.

L'Asiatique ne redoute nullement la mort, l'Européen en a une peur horrible ; et cependant sur le champ de bataille l'Européen est le plus brave.

On a dernièrement exécuté un Chinois en place publique. Il avait désiré aller à pied et marchait devant la charrette avec un calme parfait, soutenant le prêtre plus mort que vif chargé de l'assister [1]. Depuis trois mois il vivait dans l'intimité du bourreau, prenant avec lui ses repas. L'exécuteur a son logement dans la prison. Le Chinois ennuyé d'attendre si longtemps la sanction de sa sentence par

[1] Les jésuites sont aumôniers des bagnes. Ce Chinois, étant libre' avait pour confesseur un prêtre séculier.

l'Empereur[1], avait choisi cet étrange compagnon de table.

Les souffrances, la plus hideuse misère ne peuvent lutter chez notre race contre l'instinct de conservation, contre le pâle reflet des croyances puisées au berceau.

Et puis le transporté est arrivé à un tel degré d'abaissement qu'il n'a plus l'énergie du suicide....

J'ai connu plusieurs personnes qui se sont suicidées; criblées de dettes contractées dans la débauche, incapables de travail, elles avaient préféré la mort à la privation de leurs honteuses jouissances. Malgré le mépris qu'elles méritent, on leur doit un certain gré de n'être point devenues de fieffés coquins.

Pendant la campagne de Chine, un médecin de l'armée, fort brave homme, nullement morose d'ordinaire, mais sujet à des accès de tristesse, était embarqué sur le transport *l'Océan*. Un matin, au point du jour, on entendit dans sa chambre un coup de pistolet; on le trouva la tête fracassée. Sur sa table se trouvait ce billet :

« La vie et *l'Océan* m'ennuient. . . . Il est une heure du matin, je ne veux réveiller personne, j'attendrai le jour pour en finir. »

[1] Le gouverneur de la colonie, après avoir consulté le conseil privé, sanctionne les sentences de mort des transportés. Pour l'exécution d'une personne libre, il faut la sanction de l'Empereur.

Je ne puis mépriser cet homme.

Peut-être aurez-vous quelque indulgence pour le suicide du comte de X***, de la ville de S***, malgré l'aggravante complication d'un assassinat?

Le comte de X*** hérita d'une grande fortune et d'un nom d'une antiquité incontestable. Aller à Paris et mener joyeuse vie fut sa première pensée, après avoir d'ailleurs décemment pleuré ses vieux parents. Manger une fortune à Paris n'est pas une grosse affaire, les choses allèrent rondement.

Le comte avait au fond une bonne et sympathique nature; aussi, au moment où il entrait dans un café de la ville de S***, n'y a-t-il pas lieu de s'étonner de voir un grave personnage, en habit noir et cravate blanche, lui sauter au coup avec effusion.

— Te voilà revenu de Paris, bourreau d'argent, que viens-tu faire ici?

— Je ne sais, répondit le comte d'un air sombre à l'ami de collége.

— Allons, assieds-toi à cette table et causons ensemble comme deux vieux camarades. . . . Tu as donc tout croqué jusqu'au dernier sou?

— Tu le sais, puisque tu es chargé de mes affaires. . . Et toi ?

— Moi, je gagne de l'argent pendant que tu en manges. . . . Ce n'est pas aussi facile et c'est moins gai. . . . Mais un notaire n'est pas un gentilhomme. . . Je prends la vie fort agréablement. J'ai une excellente femme qui me donne de beaux enfants. . . . tu verras ces jolies têtes blondes. . . . suis mon conseil, rentre au bercail, marie-toi. . . .

— Me marier, . . . tu es fou. . . .

— C'est tout simple. Quand je t'ai vu dévorer successivement bois, prairies, terres et château, j'ai pensé qu'une fois à sec tu viendrais à résipiscence. . . . Je te garde donc une cliente. . . . une perle. . . . Il te sera loisible de racheter le vieux castel et même de le recrépir. . . .

— Tu me marierais. . . . moi, débauché, pourri jusqu'au fond de l'âme.

— Bah! je te connais, tu es un brave cœur.

— La débauche m'a tué. . . . moralement. Quand l'âme est morte, il faut en finir avec le corps. . . . Je voudrais seulement voir ma mort utile à quelqu'un. . . . à n'importe qui. . . . C'est honteux de vivre inutile, mais je le sens trop tard.

— Tu me contes des balivernes. . . . une belle dot,

une délicieuse jeune fille.... je bâclerai cette affaire malgré toi.

— Quel est ce malotru qui entre au café aussi insolemment ?

— C'est Z***, le mari de la plus gentille personne de la ville, mademoiselle ***.

— Je me la rappelle très-bien. C'était une charmante enfant.

— Charmante.... Eh bien, elle a épousé ce misérable. Il boit, court les ruelles.... il va rentrer ivre, souillé d'immondes baisers.... elle l'attend veillant, pleurant, et sera probablement battue....

— Battue!...

— Qu'as-tu donc?

— Rien. Je m'en vais. Adieu.

— Adieu, non. A demain....

— A demain.... ou adieu, dit le comte en serrant fortement la main de son ami.

Le lendemain matin on entendit dans la chambre du comte de X*** deux coups de pistolet. On trouva Z*** et le comte gisant, tous deux, la tête fracassée.

J'admire Isocrate se laissant mourir de faim pour ne point survivre à la bataille de Chéronnée. J'admire Démosthènes et Annibal cherchant un refuge dans la mort contre les ennemis de leur patrie. Caton s'ouvrant les entrailles est l'idéal de la grandeur antique. J'aime moins Valazé préférant une mort théâtrale à l'échafaud rougi d'un sang si pur. Pourquoi, Condorcet, recourir au poison ? Sans doute pour éviter la honte de votre sang répandu à cette Révolution que, traqué, à deux pas de l'échafaud, vous déclariez sainte. — O noble apôtre du progrès !

Oserais-je blâmer Napoléon s'empoisonnant à Fontainebleau?..: Cependant le rocher de Sainte-Hélène a valu au grand empereur plus de gloire et de popularité que la bataille d'Austerlitz.

Le suicide n'est plus de notre siècle. Le plus souvent il est un crime, quelquefois une folie. Rarement il peut être plus grand de mourir que de vivre.

## XXI

Le soleil dardait ses premiers rayons sur le toit de la prison ; le piquet de service entra dans l'obscur et long corridor.

Des gens de toute condition, mais en majorité des Européens, étaient réunis près de la grille. Tous étaient silencieux et recueillis.

Pas un souffle de brise.... Quelque chose de terrible et d'imposant flottait dans l'air.

La mer, seule, par ses mugissements, troublait ce calme absolu.... la longue houle du large, puissante et majestueuse, venait se briser aux pieds du sombre édifice avec un bruit sourd et régulier.

Une voix partit de la foule : Voici le commissaire impérial!

A sa vue, le geôlier ouvrit de nouveau les grilles, et la foule entra derrière le commissaire impérial.

Au centre de la cour était la guillotine.... horrible et solennelle, elle dressait vers le ciel bleu ses deux rouges poteaux, à son sommet le couteau étincelait.

La cour était petite. Les bâtiments de la prison formaient trois des côtés, le quatrième, faisant face à l'échafaud, était un mur peu élevé.... Par-dessus ce mur, le condamné, en montant sur le plancher fatal, devait voir la mer.

Devant moi, à une fenêtre grillée, une figure patibulaire de transporté regardait la scène. Il portait la chemise grossière des forçats, ses cheveux étaient ras, il avait le cou libre comme le malheureux qui allait être le héros de ce terrible drame..... A quoi songeait-il? Moi, je me disais en le voyant : c'est peut-être un prédestiné.

En face de la guillotine était le *peloton d'exemple* des transportés.

Le sol était coquettement sablé.... Pourquoi dans les grandes émotions est-on souvent frappé par les plus insignifiantes circonstances?... Victor Hugo l'a très-bien observé, et souvent il en tire des effets splendides. Je ne pouvais chasser de mon esprit hébèté cette pensée fixe : comme la cour est bien sablée.

Au peloton d'exemple, un très-petit homme, de fort large carrure, au visage aplati, à la physionomie exceptionnellement ignoble, même pour un forçat, avait seul sur la face un rire grimaçant et convulsif.

Un silence de mort régnait.... coupé par les notes graves du grand murmure de l'océan.

Une porte de la prison grinça sur ses gonds.

Un sergent de ville cria d'une voix forte :

— Messieurs, découvrez-vous!

Découvrez-vous!... Saluez!... Cet homme qui apparaît à vos yeux n'est pas un criminel. Le scélérat a disparu, il reste la victime... victime sacrifiée à la terrible majesté de la JUSTICE, peut-être un sanglant holocauste à l'impérieuse FATALITÉ! Hier, cet homme était pour moi un objet d'horreur, et maintenant sa vue m'inspire un respect involontaire. Je ne puis plus voir en lui l'assassin je vois l'homme sacré par la mort. Un inexprimable sentiment de tendresse se mêle à ma pitié, et mon cœur oppressé me crie qu'il est mon frère.

Le patient parut, le Père à sa droite, le bourreau à sa gauche, derrière le valet.

C'était un homme petit, chétif, blanc d'anémie, pâle de terreur. Il n'avait que le pantalon de toile et la chemise du condamné; la chemise abaissée sur les épaules, rejetée en arrière, mettait le cou bien à découvert.

Il marchait courbé vers le sol, n'osant lever les yeux sur l'instrument du supplice. Sa figure fine et féroce, — à la fois hyène et renard, — trahissait l'immense bouleversement intérieur. A la vue de cette physionomie dont le crime semblait avoir pétri les traits, je pensai : Si, par impossible, on lui pardonnait, il recommencerait.

Son pas était traînant, ses regards semblaient fascinés par un abîme.

Ce corps était vivant, mais déjà l'intelligence agonisait. Dans cette âme troublée, perdus dans un chaos d'impressions horribles, l'amour-propre et une sorte d'esprit de révolte luttaient vainement avec effort.

Au moment de son apparition, il dit au piquet et à la foule :

— Salut, mes amis !...

Le malheureux avait évidemment préparé son mot d'avance. Dans l'épouvantable nuit qui précéda cette lugubre matinée, ce mot l'avait poursuivi comme un cauchemar... pour occuper ces mortelles heures d'attente, il en avait cherché l'intonation, calculé l'effet : mais ce fut d'une voix dolente, à demi-étranglée que cette mâle parole sortit de sa gorge serrée.

Ses regards tombèrent sur le peloton d'exemple ; s'adressant à ses anciens compagnons :

— Mes amis, prenez courage !...

Quelle était sa pensée? Évidemment des sensations confuses flottaient dans cet esprit dominé par la peur.

La parole l'eût occupé et soulagé... il parlait sous l'empire d'un invincible besoin de donner le change à son émotion.

Le prêtre et le bourreau l'agenouillèrent sur la première marche.

Le prêtre l'embrassa et tendit à ses lèvres l'image du divin Supplicié ; il baisa le crucifix en murmurant : Pardonnez-moi !... courage !... Dans ce dernier et solennel baiser donné à l'effigie du Médiateur, il y avait plus d'épouvante que de ferveur. A l'horrible guillotine appartenait l'honneur du repentir.

Le silence était plus grand encore.

Et la mer faisait entendre sa voix à intervalles réguliers, semblable aux balancements du pendule de l'éternité.

Le Père l'embrassa comme un ami que l'on quitte pour toujours. Il était fort ému, mais sa pitié sereine semblait dire : Le moment est dur, mais le salut est assuré.

L'infortuné monta les gradins soutenu par l'exécuteur, le front baissé, n'osant affronter la vue du couteau. De sa bouche s'échappèrent ces mots, infidèle expression de l'idée :

— Prenez-moi pour exemple !...

La pensée égarée ne se formulait plus.

Le bourreau et son valet le bouclèrent à la bascule, verticale en ce moment. Pendant qu'on le fixait à cette planche, qui des pieds montait au cou, son regard, passant par-dessus le mur, se perdait sur la mer et le ciel, images de l'infini, dont le malheureux allait pénétrer dans quelques instants la sombre énigme.

C'était horrible cette planche couvrant le corps, isolant déjà la tête à la vue...

Pendant cette opération sinistre, il commença une singulière phrase inachevée :

— Un moment de faiblesse...

Si la scène n'avait point été si profondément tragique, on eût éprouvé un sentiment d'étrange surprise en entendant ce misérable qualifier d'un *moment de faiblesse* la série des crimes de sa vie.

Et cependant, qui sait? Aux yeux de l'Éternel, une vie mauvaise est peut-être un instant de faiblesse. Notre existence n'est-elle pas un moment bien perdu dans l'abîme infini du temps?

Il s'affaissait. Tous les ressorts de l'énergie étaient détendus; ces lamentables paroles sortirent de sa bouche, rauques, suppliantes :

— Faites vite!... oh!... faites vite!...

Enfin il est assujetti à la planche mobile; le bourreau et son valet la font basculer. Le sentiment de la conservation fait un effort suprême, l'instinct veut éviter le guichet fatal... le cou se replie sur lui-même, et la tête se porte à gauche par un mouvement spontané... l'exécuteur la redresse violemment et la présente à l'horrible lucarne, dont il fait tomber sur la nuque la partie supérieure; il s'assure que la victime est bien saisie... Une voix nette, claire, bien articulée, mais déchirante, fait entendre ces mots qui glacent le cœur des assistants :

— Seigneur!... pardonnez-moi!...

Le couteau tombe comme la foudre, un jet de sang sort violent, impétueux du tronc rougi.

Les transportés du peloton d'exemple lancèrent la bière sur l'estrade; deux d'entre eux prirent le corps par les pieds et les épaules assez indifféremment et le placèrent dans le cercueil. Le bourreau tira la tête du panier, examina la coupure, et, voyant son œuvre artistement accomplie, sourit avec satisfaction.

La foule s'écoula lente, religieuse; les bouches étaient closes, les fronts baissés.

. . . . . . . . . . . . . . . . . . . . . . . . . .

Je suivis machinalement le docteur X***. L'exécuteur prit la tête par les cheveux, approcha la bouche de l'oreille du supplicié et cria d'une voix forte :

— Roult!...

Puis d'un ton de connaisseur :

— J'en suis certain... c'est un préjugé... souvent j'en ai fait l'expérience... jamais les yeux du guillotiné ne se tournent vers celui qui l'appelle.

. . . . . . . . . . . . . . . . . . . . . . . . . .

. . . . . . . . . . . . . . . . . . . . . . . . . .

Quelques minutes après à peine, on ouvrait le cercueil à l'amphithéâtre. Un infirmier nettoya la tête souillée de sciure, un autre déshabilla le cadavre.

Il y avait un instant cela pensait...

Sous l'action de la pile, les paupières s'ouvrirent, les yeux roulèrent dans leurs orbites; ce pâle visage de mort exprima tour à tour la joie, la peur, le rire... Les électrodes portés sur les muscles de la poitrine firent respirer avec violence ce tronc sanglant, et, le larynx étant resté intact, il en sortit d'horribles cris humains.

. . . . . . . . . . . . . . . . . . . . . . . . .

. . . . . . . . . . . . . . . . . . . . . . . . .

C'était vraiment un affreux misérable, cet homme, dont les restes mutilés gisaient sur la table de marbre. Quel était-il? Je ne sais. Il avait trente ans, son nom était Roult.

Il parut, la première fois, devant les tribunaux, pour coups et blessures sur la personne de sa mère.

A vingt et un ans, il fut condamné aux travaux forcés pour vol avec effraction et tentative d'assassinat.

Il appartenait au pénitencier de Kourou. Sa violence et sa férocité le faisaient redouter des autres transportés.

Appelé devant le commandant, pour avoir brutalement frappé un de ses camarades, Roult se montra fort mécontent de la déposition d'un nommé Le Gris. Après l'interrogatoire, il lui adressa cette menace :

— Toi, un de ces jours, je t'ouvrirai le ventre.

Le Gris, justement effrayé, prévint le commandant, qui donna l'ordre d'enfermer Roult au courbari; ce dernier parvint à s'évader, et, suivant son expression, entra en savane. Le Gris habitait une cabane isolée avec le condamné Sixte; fort inquiet de la menace qui pesait sur sa tête, la nuit venue il se tint hors de son logis, veillant avec attention. Sixte, indifférent au danger de son camarade, s'endormit dans un hamac. Vers huit heures, Le Gris aperçut Roult rampant dans les herbes et s'enfuit. L'agresseur rentra dans le bois et fit vers minuit, sans plus de succès, une nouvelle tentative.

Roult le dit cyniquement au tribunal épouvanté :

— Cela m'ennuya d'avoir si longtemps veillé pour rien... j'étais en goût de sang.

Alors il fondit sur Sixte pour lui fendre le crâne de son sabre d'abatis. Sixte dormait profondément, le bras sur le visage; ce membre le préserva d'une plus grave blessure. La victime se leva sanglante, parant, de ses mains, les coups de son furieux adversaire. Les bras étaient hachés; des doigts, des lambeaux de chair, tombaient sur le sol... Enfin Sixte s'affaissa, frappé vers la région du cœur.

Au jour, Roult se dirigea vers la concession de deux

transportés, leur raconta son crime avec orgueil et ajouta :

— Il ne m'en coûtera pas plus d'en tuer d'autres, aussi ne fais-je que commencer.

A son interrogatoire il dit en riant :

— Quand je traversai le bourg de Kourou, je vis une jeune fille assise à la porte de sa maison, j'eus bonne envie de la tuer... Le hasard l'a fait rentrer chez elle; elle a eu une fière chance sans le savoir... Cela vous met tout à fait en train d'avoir déjà vu un peu de sang.

Quarante noirs et un piquet d'infanterie le forcèrent à regagner les bois. Après une longue chasse, deux surveillants le rencontrèrent; Roult, les voyant résolus à faire feu, jeta son sabre et se rendit.

A la lecture de son arrêt de mort, il s'écria avec des transports furieux :

— Et Sixte en réchappera peut-être... Oh! si je l'avais su, je l'aurais mis en pièces!...

Peu après, le Père C*** vint le voir; Roult lui arracha le crucifix, et le lança dans la cour de la prison en insultant le prêtre. La douceur, la patience du Père l'exaspéraient. Ce forcené répondait à ses exhortations par l'énumération des assassinats qu'il regrettait de n'avoir pu commettre.

Sur l'avis du conseil privé, le gouverneur décida le non-recours à la clémence de l'Empereur. On vint donc annoncer à Roult sa condamnation définitive et son exécution pour le lendemain.

Le Père, dont toutes les démarches avaient été vaines, revint tenter un nouvel effort. Le condamné à mort jeta encore le crucifix avec colère et dit au confesseur :

— Je serai exécuté demain... On doit me donner ce que je demande... Eh bien! je veux une femme, pour danser avec moi le rigodon toute la nuit, et demain je danserai la carmagnole sur l'échafaud...

Rien n'y put.

Le Père le quitta le cœur navré se proposant de faire, un peu avant le jour, une suprême tentative.

La nuit allait-elle porter conseil?

. . . . . . . . . . . . . . . . . . . . . . . . . .

. . . . . . . . . . . . . . . . . . . . . . . . . .

Le jour de l'exécution on s'attendait à un odieux scandale. Les gens le moins religieux eux-mêmes le redoutaient. Je n'y crus pas un instant. La foi, les convictions fortes ont seules l'héroïque mépris de la mort. Néron ne peut mourir comme Caton.

Les derniers moments de l'homme sont, à mes yeux, le vrai criterium de ses vertus.

Le farouche Montmorency, souillé du sang des protestants, répond aux exhortations de son confesseur ces belles paroles : « Penses-tu qu'un homme qui a vécu quatre-vingts ans avec honneur n'ait pas appris à mourir un quart d'heure ? » C'est un sombre fanatique, mais une âme loyale.

Quand le prêtre qui assista Richelieu parut avec le saint viatique, le terrible cardinal tendit la main vers le corps sacré du Christ, et dit avec une confiance sereine : « Voilà mon juge ! » Il croyait à la justice de son rôle sanglant.

Hébert, Carrier, Fouquier-Tinville tremblent devant cette guillotine, à laquelle ils ont livré de si nobles têtes.

Danton est sublime dans ce moment solennel. Sur le plancher même de l'échafaud, il n'est point absorbé par la mort. Calme, impassible, il raisonne, il pense, il aime. Le bourreau s'oppose au dernier baiser qu'il veut donner à son ami Camille... Qui peut refuser son admiration à cette superbe parole jetée à l'exécuteur avec tant de dédain :

— Tu es donc plus cruel que la mort... Va ! tu n'empêcheras pas nos deux têtes de s'embrasser dans le panier !

Fier de son rôle, avec son altière allure de tribun et sa voix tonnante, il lance à la foule ces mots orgueilleux :

— J'ai renversé la Royauté!... J'ai sauvé la Révolution!... J'ai fondé la République!... Exécuteur, tu montreras au peuple la tête de Danton!

Malgré ses vices et ses crimes, l'homme qui meurt ainsi a une grande âme.

Le misérable, lui, poursuivi par les remords, ne peut avoir qu'une seule parole :

— Seigneur!... pardonnez-moi!...

. . . . . . . . . . . . . . . . . . . . . . . .

. . . . . . . . . . . . . . . . . . . . . . . .

Je l'ai dit, avant l'exécution, je ne redoutais pas l'horrible spectable d'un homme traîné à l'échafaud la rage au cœur, le blasphème à la bouche.

---

# MESMÉRUS

# MESMÉRUS.

---

Les liens d'une vieille affection m'unissaient à un lieutenant de vaisseau du port de Brest, nommé Paul Rescot, d'une famille aimée et très-connue dans la ville. Les circonstances singulières, qui accompagnèrent sa mort, firent grand bruit. Un soir, il rentrait paisiblemen dans sa famille, quand un certain Mesmérus, docteur-médecin de la faculté de Leipsik, le tua d'un coup de poignard.

J'étais absent de Brest quand ces événements arrivèrent. Madame Rescot m'en fit une narration si étrange que je résolus de me rendre à l'hospice des aliénés de Quimper, où l'assassin était enfermé.

Mesmérus, à première vue, se jeta dans mes bras avec une grande émotion. J'en fus, malgré moi, vivement surpris, car il m'était parfaitement inconnu ; et, avant la terrible catastrophe qui me priva de mon ami, j'ignorais même son existence.

D'abondantes larmes coulèrent de ses yeux et il s'écria douloureusement :

— Toi, du moins, tu me reconnaîtras peut-être...

Je témoignai à ce malheureux, dont la monomanie m'était connue, la plus grande cordialité ; et je lui répondis :

— Cette amitié d'enfance, que les difficultés de la vie n'ont jamais ébranlée, te devine encore sous cette enveloppe fatale........ Que tu dois souffrir !.......

— Oh, oui !... j'ai été cruellement torturé... et chaque jour, je suis en proie à des douleurs inénarrables... Ce sera du moins une consolation de déposer mes peines dans un cœur sympathique... Toi, je l'espère, tu m'entendras sans me traiter de fou...

— Je t'écoute, dis-je en lui serrant la main.

Mesmérus me fit alors ce récit bizarre :

Je suis, tu le sais déjà, ce malheureux Rescot que ma femme croit mort... et, grâce à Dieu, Mesmérus repose dans la tombe... Je vais te donner les détails de cet affreux changement de personnalité.....

Mes opinions philosophiques te sont depuis longtemps connues. Je niais l'existence de l'âme ; Dieu était pour moi, une hypothèse. Ma campagne de Chine m'avait encore confirmé dans ces idées. Le contact de ce peuple sceptique avait déteint sur moi. Je ne pouvais comprendre, d'ailleurs, comment la Suprême Bonté privait de sa lumière une nation de quatre cents millions d'âmes. Dans l'extrême Orient, j'avais retrouvé, presque pur, le positivisme d'Auguste Comte dont j'étais profondément imbu.

Il y a quelques mois, je me promenais dans le port militaire de notre bonne ville, admirant, avec orgueil, les ressources de notre marine. Un homme d'une quarantaine d'années, de mise irréprochable m'aborda poliment :

— Monsieur, me dit-il, je suis étranger. Je vois à votre uniforme, que vous appartenez à la marine ; vous semblez vous promener en amateur, soyez assez bon pour me permettre de vous accompagner, et de vous interroger quelquefois.

— De bon cœur, répondis-je, je suis tout à vos

ordres. Né dans la ville, élevé dans le port, j'en fais toujours les honneurs avec plaisir.

Mon compagnon se faisait remarquer par sa haute taille et son extrême maigreur. De rares cheveux, d'un blond fade couronnaient un visage ictérique. Il n'avait point de sourcils et portait, sur un nez crochu, des lunettes d'or avec des verres incolores ; sous ses profondes arcades sourcilières s'enfonçaient deux grands yeux ronds, semblables à ceux d'un hibou. Malgré sa prodigieuse laideur, toute sa personne était d'une distinction parfaite.

Nous visitâmes le port avec le plus grand soin. La variété et l'étendue des connaissances de l'étranger me frappèrent vivement. Au moment de la séparation, il y eut, de part et d'autre, promesse empressée de se revoir, et échange de cartes ; la sienne portait : *Joseph Mesmérus*.

Je reçus la visite de Mesmérus peu après cette rencontre. L'éloquence de sa parole, le brillant de son esprit, la profondeur de ses pensées, l'ampleur de son érudition, me séduisirent complétement. Mesmérus appartenait à l'école spiritualiste ; il prétendait descendre de Mesmer, et cultivait le magnétisme. — J'ai reçu, tu le sais, une éducation profondément religieuse ; ce n'était point sans regret que j'avais abandonné mes premières croyances pour me plonger dans un matérialisme stérile. J'espérais toujours voir jaillir, des théories du docteur allemand, un de ces arguments qui illuminent l'esprit d'une clarté soudaine, qui ne permettent plus le doute. Toutefois sa physionomie me déplaisait ; ses deux yeux ternes, toujours immobiles derrière ses lunettes d'or, me répugnaient.

C'était le soir, sur le cours d'Ajot, solitaire à cette heure, que nous nous abandonnions à de longues causeries... Hélas !... je ne reverrai plus cette belle promenade où des ormes séculaires forment de si magnifiques arcades... où l'on entend les bruits de la mer dans le calme des nuits !...

Mesmérus habitait sur la grève une maison isolée, assez éloignée de la ville. Un soir, nous avions longuement discuté... emporté par la chaleur de la conversation, je pris machinalement avec lui, le chemin de sa demeure. Malgré l'éloquence de mon adversaire, j'étais resté inébranlable dans mes convictions.

— Non, m'écriai-je en entrant chez Mesmérus, ce que vous appelez l'âme forme avec le corps un tout indivisible. Il y a un *être vivant*, mais il n'y a ni âme, ni corps. La vie seule est un fait ; l'être vivant seul existe. Quand vient la mort, les forces chimiques, équilibrées jusque là par les forces vitales, reprennent leur empire sur ce qui était l'*être vivant*, et le dissolvent conformément à leurs lois...

Le visage du docteur prit une expression sinistre; je n'avais jamais observé jusqu'alors la moindre émotion sur ce visage d'une éternelle placidité.

— C'est assez discuté, dit-il, d'un ton impérieux, les raisonnements ne prouvent rien. Depuis vingt mille ans, peut-être, l'esprit humain se tord sous l'étreinte de mille arguments contraires, quand une bonne expérience suffit. Je vais vous démontrer que l'âme est un être très-réel et vivant de sa vie propre ; seulement elle a un besoin absolu d'organes pour se mettre en communication, soit avec les autres âmes, soit avec le monde extérieur. Après vous l'avoir fait sentir par le raisonnement, je vous le ferai toucher du doigt par une expérience concluante...

L'Allemand se tut un instant et reprit :

— Les philosophes peuvent raisonner à leur aise; mais, pour le magnétiseur, l'existence d'un Moi indépendant de l'être vivant est un fait hors de doute. — Le magnétiseur plonge le corps dans l'inertie, et l'âme, ayant toutes ses relations avec le monde extérieur suspendues, rentre à l'état latent. Il sépare en un mot l'âme du corps ; et celui-ci, toujours vivant, continue à remplir toutes ses fonctions végétatives... Quel genre de communication existe-t-il entre le magnétiseur et son sujet? — Ici est le nœud de la question....

Mesmérus fit une pause... et fronça ses rares sourcils, en voyant l'expression railleuse de ma physionomie.

— Des charlatans et des observateurs inexacts ont imaginé que le magnétiseur se met en rapport avec le Moi du magnétisé, et, de ce rapport imaginaire, ils ont tiré les conséquences les plus étranges... Ainsi, ont-ils prétendu faire voyager les esprits avec une vitesse électrique, et les contraindre à prendre connaissance des événements lointains. — Tout ceci est mensonge ou fantaisie. — L'âme séparée du corps ne peut entrer en relation avec quoi que ce soit. Le magnétiseur sépare le Moi du corps, voilà tout. La volonté de l'expérimentateur s'empare de cet organisme privé de son moteur et y règne en souveraine. L'unique personnalité du magnétiseur préside ainsi au fonctionnement de deux êtres... — M'entendez-vous ?

— Très-bien, docteur, mais je vous comprends peu. Et, permettez-moi de vous le dire, ajoutai-je en bâillant, pour la première fois vos discours m'ennuient.

L'Allemand haussa les épaules avec dédain et continua :

— Le magnétiseur peut obtenir une séparation analogue dans sa propre personne. Les fakirs de l'Inde connaissent ce secret; aussi peuvent-ils faire enterrer leurs corps pendant plusieurs mois, ou les livrer impunément aux plus effroyables tortures. Leurs âmes, en se retirant, ordonnent, parfois, à leurs corps de se maintenir dans une position déterminée, et ces derniers conservent alors cette immobilité si surprenante pour les Européens. L'expérimentateur peut donc isoler l'esprit d'une personne, et, ensuite séparer son propre moi de l'organisme qui lui est lié. Cela fait, il peut indifféremment reprendre possession de l'un ou de l'autre corps; puis faire rentrer l'âme de son sujet dans son ancien corps, à lui magnétiseur. Pour l'homme initié au *magnétisme externe* connu de l'Europe et au *magnétisme interne* connu des fakirs, c'est une transmutation aussi simple qu'un échange forcé de vêtements entre une personne robuste et une personne faible plongée dans un profond sommeil.

Mesmérus fit bien de terminer son discours, je commençais à m'endormir.

Il me secoua rudement l'épaule, et, désignant une chaise au centre de l'appartement, dit d'une voix impérieuse :

— Asseyez-vous là.

Je tournais ainsi le dos à une grande glace.

— Lorsque vous sentirez, reprit le docteur, une commotion violente, vous jetterez les yeux, sur moi d'abord, et ensuite sur cette glace.

Je sentis un indéfinissable frisson d'horreur parcourir tout mon être. J'eus honte de ma frayeur; mais j'essayai vainement de la surmonter.

Mesmérus s'assit en face de moi, ses genoux touchaient les miens, ainsi que ses pieds; il me saisit les mains et fixa sur moi ses yeux étranges.

Peu à peu, par une progression à peine sensible, ces yeux s'éclairèrent d'un éclat singulier; jetant des étincelles à intervalles de plus en plus courts, ils arrivèrent à un état de fulguration continue. En même temps, je sentis, dans tout mon corps, un fourmillement bizarre. Une sorte de courant électrique remontait par mon bras gauche; un courant analogue descendait par mon bras droit. Il me semblait, d'une part, que mon être s'écoulait, de l'autre qu'une transfusion s'opérait en moi.

La peur me prit, mais une peur sans nom. Je fis, pour me lever, un effort surhumain, une puissance plus forte me retint sur mon siége. Je voulus crier, ma langue resta collée à mon palais. Tout à coup, je ressentis une formidable secousse. Devant moi, c'était Moi qui était assis. . . c'était bien Moi. . . seulement sur tout mon visage régnait une expression étrangement sardonique. Je me levai précipitamment et je vis avec effroi se lever dans la glace l'image blême et placide de Mesmérus... Je courus à la glace... l'image vint à ma rencontre... Malédiction ! j'étais dans le corps du docteur...

— Tu as douté.... cria-t-il d'une voix tonnante, tu as douté des vérités révélées, tu as voulu chercher la vérité avec ton imbécile raison... sois puni !...

Et, c'était ma voix, ma propre voix que j'entendais ainsi, mais avec un éclat particulier, avec un accent railleur qui pénétrait comme un fer rouge au plus profond de mes os.

Je me jetai aux pieds de Mesmérus.

— Oh ! docteur, je vous en supplie... ce n'est qu'une plaisanterie, n'est-ce pas ?... mais elle est affreuse... Non, cela n'est pas possible... je ne vous ai rien fait, pour me torturer ainsi... Je croirai tout ce que vous voudrez... Laissez-moi redevenir moi-même... Oh vite... vite... je vous en prie humblement à deux genoux... j'ai déjà trop souffert...

Et la voix qui sortait de ma poitrine était la voix métallique de l'Allemand... mes yeux se portèrent de nouveau sur le miroir... malgré l'épouvantable bouleversement de tout mon être, ma nouvelle physionomie avait conservé une implacable placidité.

— Ecoutez, dit Mesmérus avec un rire affreux, je ne suis pas un voleur vulgaire... Vous pouvez parcourir l'Allemagne entière, les professeurs les plus renommés se découvriront devant le docteur Mesmérus. Je ne parle pas de la fortune... les affaires d'argent répugnent aux cœurs bien nés... cependant, vous n'avez pas moins de sept à huit cent mille livres de rente. En échange, qu'est-ce que je vous prends?... un corps sujet à la sciatique et plein de rhumatismes — je les sens déjà; une mince position de capitaine, avec un piteux embarquement en perspective... plus, ici il fit une pause, et son sourire devint vraiment satanique... plus, répéta-t-il, une femme fanée et deux enfants piailleurs...

Je voulus bondir sur lui, il étendit la main et m'arrêta par une puissance surnaturelle :

— Ne tentez rien contre moi... votre seule chance de redevenir vous-même est de ne point attenter à ma vie... si vous me tuez, vous êtes à jamais le docteur Mesmérus...

Il ouvrit une porte et disparut.

Je me précipitai comme un fou sur la grève.. malgré la nuit, je franchis les roches avec une vitesse vertigineuse, rien ne m'arrêtait dans ma course de damné... j'allai à la mer, je pris de l'eau dans les mains, et j'en mouillai mon visage... j'éprouvai une sensation plus pénible encore quand ma main rencontra ces antipathiques lunettes d'or.

Il se passa ensuite en moi des choses dont je n'ai plus conscience... Je cherche vainement à ressaisir le fil de certains événements...

Je frappai à la porte de ma demeure avec une émotion indescriptible...

Cette petite maison isolée, tu t'en souviens, est située près du rempart, non loin d'une poudrière; je l'habitais seul avec ma famille.

Le marteau, en retombant, fit entendre un bruit sourd qui retentit encore dans ma poitrine... Oh! combien mon cœur battait... ma grosse servante vint m'ouvrir... Elle me regarda avec étonnement, et referma la porte avec violence, après m'avoir insolemment lâché ces paroles :

— Madame ne peut vous recevoir.

En ce moment, Mesmérus arrivait. Je m'élançai sur lui en hurlant :

Mesmérus! Mesmérus!... infâme coquin!... rends-moi mon corps!...

Les voisins se mirent aux croisées.

— L'homme que vous voyez, m'écriai-je, n'est point Paul Rescot... c'est moi... c'est moi qui suis Paul Rescot... il m'a volé mon corps!...

J'aperçus à la fenêtre le visage adoré de ma Louise; elle se retira en rougissant... ma jolie petite Louisa criait : oh ! le vilain Allemand qui dit être papa !... mon petit Paul avait à la main un jouet cassé, il me le jeta à la tête avec mépris...

Les badauds s'attroupaient.

Au moment où le docteur entrait chez moi, il me dit d'un ton sardonique :

— Calmez-vous, mon cher Mesmérus... et si vous le pouvez, ajouta-t-il avec ironie, rentrez en vous-même.

Oh!... je l'aurais étranglé sur place.... mais un tas d'imbéciles s'étaient emparés de moi. Plus je déployais d'énergie pour bondir sur mon ennemi, plus augmentait le nombre de gens charitables qui croyaient retenir un fou.

Quand Mesmérus avait parlé, c'était encore ma voix, toujours ma voix que j'avais entendue...

Je m'assis sur l'herbe des remparts, la tête entre les mains. Un cercle nombreux m'environnait. J'entendais vaguement des rires et des quolibets... La nuit vint... Quand je relevai la tête, la foule s'était dissipée. Je vis briller des lumières dans ma maison, et je pensai :

— Ma gentille Louisa dort... mon Paul dort aussi... Tous deux avant d'aller dans leurs petits lits ont embrassé ce monstre en lui donnant le nom de *Père*... Et maintenant... mort et damnation!... L'alcove sacrée où ma Louise a reçu mes premiers baisers... où elle a poussé ses cris de douleur en mettant au monde mes bien-aimés, n'a plus de secret pour lui... Déjà... malédiction... que ne l'ai-je tué !...

En ce moment, je vis apparaître, derrière les vitres, le visage de ma Louise, elle devait me regarder... A son attitude, je vis qu'elle pleurait... Oh! sans doute, son esprit délicat, son doux cœur de femme, lui faisaient pressentir un horrible mystère...

Onze heures sonnèrent...

C'était l'heure à laquelle, d'ordinaire, le docteur rentrait chez lui. Emporté par une force irrésistible, je pris le chemin de sa demeure.

Quand le domestique vint m'ouvrir, pour la première fois, je remarquai combien étrange et sinistre était le personnage. Sa tête était bien une tête de mort.

Dans la chambre de Mesmérus, il y avait des alambics, des squelettes, des animaux bizarres... Tout cela s'agita d'abord à mes yeux, puis dansa une horrible ronde.

J'étais d'ailleurs dans un état fort singulier. Mon âme n'était point à l'aise dans son nouvel habitat. Il se passait en moi quelque chose d'analogue à l'embarras d'une personne très-grande, vêtue d'habits empruntés à une personne très-petite. Il y avait désaccord manifeste entre mon Moi, et les organes destinés à le servir .. J'étais extrêmement gauche de mes mains ; mes membres obéissaient à ma volonté avec une difficulté extrême... il y avait tiraillement, et il en résultait une grande fatigue physique et morale... j'éprouvais particulièrement une gène extraordinaire à voir distinctement avec mes gros yeux fixes. J'essayai de tirer mes lunettes ; ma vue devint tout à fait confuse et je dus y renoncer. Quand je portais la main à mon front, il me semblait toucher un corps étranger... Mes souvenirs eux-mêmes avaient pris une teinte vague. Mon esprit cherchait en vain, dans les différentes cases du cerveau, des impressions qui ne s'y trouvaient pas... en revanche, il se fatiguait vainement à trouver la clef d'impressions nettement tracées, mais insaisissables pour lui...

Le lendemain, avec effort, je pus trouver le calme dont j'avais besoin pour l'exécution de mon projet. Je pensai que Mesmérus prendrait mes habitudes, de lui bien connues, afin de mieux donner le change. Or, tous les soirs, je faisais sur le cours d'Ajot une longue promenade ; c'était à la fois un exercice salutaire et un temps de méditation. Je m'embusquai donc près du rempart ; et là, le poignard à la main, j'attendis mon ennemi.

Je n'étais point né pour l'assassinat... mais, j'avais un immense besoin de le savoir mort... les minutes étaient des siècles... Il parut enfin. Je m'élançai sur lui avec un affreux mélange de joie et de rage... Le couteau pénétra jusqu'au manche, dans la poitrine, à l'endroit du cœur... Il tomba... un épouvantable rire, rire strident, répété par mille échos retentit à mon oreille effrayée... j'essayerais vainement de peindre ce qui se passa en moi, quand je vis mon pauvre corps ainsi étendu sans vie... Le sang coulait... à la lueur du gaz, je contemplais douloureusement ces yeux mornes... mes lèvres avaient une odieuse expression d'ironie... Je soulevai avec horreur et amour mon cadavre...

Une patrouille me surprit en cet état ; j'avais encore le couteau à la main. On me conduisit en prison, je ne sais où ni comment, j'étais hébêté...

J'ai là une lacune dans mes souvenirs...

Un matin on me mit en voiture. Quand je fus sur la grande route, je vis une dame en deuil ; elle conduisait deux enfants en deuil également, je m'écriai :

— Louise !...

Mais elle ne m'entendit pas,... elle se dirigeait vers le cimetière... avec un bouquet... et je la vis se perdre au milieu des tombes et des cyprès.

---

# GALILÉE

# GALILÉE.

---

PERSONNAGES.

GALILÉE.
UN MOINE.
UN INCONNU.

---

(Il fait nuit. L'orage gronde par intervalles. La scène représente la chambre de Galilée. Une lampe fumeuse répand son indécise clarté sur une table couverte de papiers et de livres. Un vaste tableau fixé à l'un des murs est couvert de chiffres et de figures; une bibliothèque adossée au mur opposé fait face au tableau.)

La scène est à Florence.

GALILÉE (*seul.*)

(Il est assis dans un vaste fauteuil, la tête entre les mains, et semble sortir d'une profonde méditation.)

Oui, sans doute, l'illustre chanoine de Thorn a raison... son traité des *Révolutions célestes* fera l'admiration de tous les temps. Sa théorie de la station et de la rétrogradation des planètes est simple et lumineuse comme toutes les lois de la nature... Jamais il ne fut donné à un œil humain de pénétrer aussi profondément les mystères de la mécanique de l'univers... Malgré tout, il faut bien l'avouer, le grand homme n'a encore soulevé qu'un bien léger coin du voile étendu sur les secrets des cieux. Sur le point capital son argumentation est radicalement vicieuse... Tycho-Brahé, le noble restaurateur de l'astronomie observatrice, l'a prouvé avec évidence. Mais, si le savant danois s'est montré puissant dans la critique, à son tour, il a faibli dans l'édification. Son système est une solution dérisoire de la difficulté. L'ignorante tourbe des péripatéticiens s'est mise à l'abri de ce nom justement célèbre... Après tout, dans leur absurdité, ces gens-là sont logiques;... et les coperniciens, en dépit de leur profond sentiment du vrai, ne le sont pas... Oui, le Soleil est au centre du monde, oui, la Terre circule autour de ce point fixe dans un orbe immense, et accomplit avec une régularité sublime sa rotation diurne autour de son axe éternel... Voilà deux mouvements certains... mais, le troisième, le prétendu mouvement de *déclinaison,* pour expliquer le phénomène des Saisons, est impossible... Là est le grand mot de l'énigme... Hélas ! Je sens le vrai... mais vaguement, sans pouvoir déterminer sa forme précise, ni l'appuyer sur une base solide... Depuis trente années, mon intelligence torturée est déchirée sans cesse par les griffes de ce sphinx ; mon esprit, tendu comme un ressort prêt à rompre, touche aux limites de la folie... Rien... Rien ne sort du pénible enfantement de mon cerveau, et cependant mes cheveux commencent à blanchir... J'en ai conscience, je suis arrêté par l'ignorance d'un théorème d'une grande simplicité... La difficulté, contre laquelle tous mes efforts se brisent, est certainement un principe d'une évidence vulgaire, un de ces principes primordiaux dont nous avons tous le sentiment obscur... Une sombre fatalité m'écarte du but quand je crois l'atteindre, un démon maudit me plonge au plus épais des ténèbres au moment où j'entrevois la lumière... Pauvre Galilée ! tu mourras au seuil de la vérité sans l'avoir connue... Le héros, qui tomba épuisé sur les marches du Parthénon, put au moins tendre vers le ciel son rameau de laurier et crier : Athènes a vaincu!... Mais toi, dans cette grande lutte de l'esprit contre l'obstination de la nature à nous cacher ses lois, tu tomberas meurti, épuisé, au bout de ta carrière, sans pouvoir t'écrier : Eurèka!... Tu passeras comme une ombre sans laisser un souvenir de ta vie absorbée par l'étude, de la perte de tes yeux bientôt couverts d'un fatal bandeau, des efforts de ce génie qui s'agite douloureusement en toi... Il tonne... quelle horrible nuit!... mon corps usé souffre cruellement de l'action de l'orage...

(On frappe.)

Qui peut frapper à ma porte à cette heure, par un temps où toutes les puissances malfaisantes semblent déchaînées dans l'air?... Qui est là ?

LE MOINE (*entrant.*)

C'est moi, ton vieil ami

GALILÉE.

Assied-toi... Merci de cette bonne amitié que rien n'arrête... je suis heureux de te voir... Ta douce conversation calmera l'inquiétude de mon esprit.

LE MOINE (*regardant le tableau.*)

Toujours poursuivi par ton maudit problème... toujours possédé du démon de l'orgueil... Pourquoi veux-tu pénétrer les mystères de la souveraine Sagesse ?... Ah !... j'ai meurtri mes genoux sur les dalles à prier Dieu qu'il te délivre de ce ver rongeur... Puisse la divine Clémence te tendre encore à temps une main secourable !... Tu cours à l'abîme, Galilée, avec une fiévreuse ardeur, une folle frénésie...

GALILÉE.

A quel abîme, mon frère, me vois-tu ainsi courir ?

LE MOINE.

Ne suis-je point ton ami d'enfance?... Ne sais-je point lire en ton cœur comme en un de nos livres sacrés?... As-tu donc oublié les jours où, petits, nous nous sommes aimés?... Ne te souvient-il plus, quand nous étions enfants, des splendeurs et des douces émotions de la Fête-Dieu?... A la procession, nous marchions à côté l'un de l'autre... nos aubes blanches et transparentes flottaient sur les éclatantes robes rouges, dont nous étions si fiers... Les belles fleurs que nous avions dans nos corbeilles!.. nous les répandions devant les pas du prêtre étincelant d'or et de pierreries qui portait, sous un dais magnifique, le corps sacré de Dieu... A ces fêtes pompeuses et solennelles, nous avons serré les premiers nœuds de notre vieille amitié.

GALILÉE.

Je m'en souviens, mon frère, je m'en souviens... Ces retours vers le passé sont, pour moi, pleins de charmes..

mais quelle est ta pensée en les invoquant à cette heure ?...

LE MOINE.

Je te rappelle de pures et saintes joies... des joies dont l'âme est vraiment inondée... Réponds-moi, Galilée, les as-tu retrouvées jamais dans la poussière de tes livres ?

GALILÉE.

Pourquoi blâmer ainsi amèrement mon amour de l'étude ?... Ces livres qu'aujourd'hui tu méprises, tu ne les as pas toujours dédaignés...

LE MOINE.

Sans doute, non-seulement je fus ton ami, mais encore ton émule... et pendant notre studieuse jeunesse, après Galilée, dans nos universités, j'ai tenu le premier rang.

GALILÉE.

Tu es trop modeste, mon frère, ce n'est point après Galilée que tu tenais le premier rang... La science, si tu l'eusses voulu, t'eût couronné de gloire... Avant ta singulière résolution d'abandonner le monde, combien de fois ai-je rêvé l'union de nos efforts, de nos intelligences absorbées dans la poursuite d'un même but !... Quel legs eût peut-être laissé à la postérité l'amitié de Galilée et de celui qui est aujourd'hui l'humble frère Jean ?

LE MOINE.

Galilée ! Galilée ! l'amour de la gloire te perdra. Tes cheveux ont commencé à blanchir... A quoi te serviront, devant le grand Juge, tes heures passées à pâlir sur des livres ?... Mieux pour toi eut valu prier... Songes-y, tu marches vers la tombe.

GALILÉE.

Ah ! je le sais trop... Et j'envisage avec mélancolie ma

vie perdue dans les abîmes de la pensée, passée, sans fruit, à la fatigante poursuite de la vérité !...

LE MOINE.

Il n'y a qu'une vérité, Galilée, c'est Jésus mort en croix... tu ne la trouveras pas avec tes instruments de mesure, ni avec tes calculs ; mais le pâtre ignorant, après un instant de prière, la trouve dans son cœur.

GALILÉE.

En quoi, mon frère, me suis-je montré hostile aux divines vérités révélées, précieux héritage de nos pères ?... Dieu me préserve du crime d'impiété ! mais il est aujourd'hui bien éloigné de mon cœur... Comment puis-je déplaire à la souveraine Bonté, en admirant sa sagesse et sa majesté dans la grandiose harmonie des lois qui président au gouvernement des choses ?

LE MOINE.

Sans doute, l'impiété raisonnée n'a pas encore infecté

ton âme de son odieux poison... Mais crois-tu bien bon pour l'homme de sonder les mystères de la création ? Le livre sacré nous l'apprend dans son texte toujours vrai : c'est en cueillant le fruit de l'arbre de la science, que le premier homme a trouvé la mort... Moi aussi, tu le sais, j'ai passionnément aimé l'étude. Comme toi, j'ai fatigué mon cerveau sur les propriétés des nombres, des lignes et des corps... Mais, j'ai vite compris le néant de la science... L'homme est peu fait pour vivre par l'esprit. Les passions ont sur lui trop d'empire. Il faut le prendre par les sens, par l'imagination, par le cœur... L'Église seule peut à la fois charmer nos sens par la pompe et la majesté de ses cérémonies, complaire à notre instinct de l'art par le luxe de son culte, et satisfaire aux besoins élevés de notre âme par sa grande et émouvante poésie... L'homme, avant tout, est un être souffrant ; la religion de la douleur peut seule le soutenir et le consoler... Créature enfantée au milieu des cris, vivant dans les angoisses, elle trouve une harmonie parfaite entre les élans de sa nature pétrie de souffrance et l'adoration d'un Dieu mort en croix.

GALILÉE.

Je n'ai point cessé d'être chrétien, mon ami... Mais

Dieu a donné à l'homme l'esprit de recherche... C'est surtout ce don précieux qui nous met au-dessus de la brute ; en le négligeant, nous nous rendrions coupables d'ingratitude envers la souveraine Bonté.

LE MOINE.

L'esprit de recherche est l'esprit de discorde et d'orgueil... Je sais, hélas ! quelle gloire tu convoites, à quelle découverte tu veux attacher ton nom... Tu veux follement établir, sur une base inébranlable, le système insensé de Copernic... Heureusement, tu le sais toi-même, les coperniciens défendent leur erreur par des arguments pitoyables, et leurs vains efforts se brisent contre une insurmontable difficulté... J'en ai la ferme croyance, cette théorie fatale, dont la recherche a si péniblement usé tes nobles facultés, tombera bientôt dans un éternel oubli.

GALILÉE.

Non certes... Mais qu'importe à l'Église que la terre soit

ou non immobile?... Pourquoi donc a-t-elle censuré l'œuvre de Copernic et poursuivi son disciple, le moine italien Campana ?

LE MOINE.

Ton esprit, constamment absorbé par de vaines abstractions mathématiques, est donc devenu incapable de raisonnement en dehors de ce champ borné?... Notre foi tout entière est basée sur la fixité de la terre... Il faut opter entre cette foi, sur laquelle reposent notre présent en ce monde et notre avenir dans l'autre, et une conception douteuse, toute pleine de conséquences funestes... L'Église a le droit de contrôle sur toute doctrine, scientifique ou non, car en *Elle* résident les destinées de l'humanité.

GALILÉE.

Cependant si la terre se meut?

LE MOINE.

C'est à l'Église à la fixer... Sache-le, la Genèse nous affirme l'immobilité de ce sol sur lequel nous nous agitons un instant... Je ne parle point de la lettre du texte, il serait facile de l'interpréter autrement, mais de l'esprit ; cela est logique... La créature d'élite, la créature aimée de Dieu par excellence, celle pour qui tout existe dans l'univers, depuis le grain de sable roulé aux bords de la mer, jusqu'aux plus brillantes étoiles, la créature enfin, pour laquelle Dieu lui-même a souffert mort et passion, doit avoir pour siége le point central, la clef de voûte de la création... Seul objet de l'amour de Dieu, une *Unique Humanité* a pour annexe tous les êtres vivants ; monde unique, la terre n'a qu'à titre d'ornement et de cortége toutes les splendeurs du firmament.

GALILÉE.

Qui te permet, ami, de borner la grandeur de Dieu ?...

Pourquoi la gloire de l'Éternel ne serait-elle point chantée dans tous les points de l'espace, comme dans tous les instants du temps ?

LE MOINE.

Sens-tu, maintenant, de quel pas rapide tu marches vers l'hérésie ?... Telle est, en effet, l'impitoyable logique du raisonnement. Si la terre, cessant d'être la régente du système céleste, n'est plus qu'un grain de sable emporté dans un tourbillon sans limite, l'univers devient un infini ; infini dans l'espace, il est infini dans le temps.

GALILÉE.

Il en doit être ainsi, mon frère.

LE MOINE.

Galilée ! Galilée ! mon cher ami, arrête-toi sur cette pente fatale. Dieu est loué dans tous les points de l'espace, mais par la voix des anges... Quand la terre n'avait point encore surgi du néant, les sublimes intelligences émanées de son sein faisaient retentir son nom dans les champs de l'infini.

GALILÉE.

Cependant la terre tourne... et l'univers est infini, et dans l'espace et dans le temps. L'univers est éternel. Sans doute, il est logiquement postérieur à Dieu ; mais, de fait, il a existé de toute éternité ; car, de toute éternité, l'esprit créateur a créé.

LE MOINE.

De tout temps des humanités ont existé ?... Il en existe dans tous les points de l'espace ?

GALILÉE.

Je le crois.

LE MOINE.

L'homme, en dehors des anges, des créations immatérielles, n'est donc pas l'être par excellence, l'unique objet de l'amour divin ?

GALILÉE.

Non... Le souverain amour pénètre tous les points de l'infini, et anime de sa propre vie la fourmilière des mondes répandus dans l'univers.

LE MOINE.

L'homme n'est donc pas la créature émanée du souffle de Dieu qui, après les anges, se rapproche le plus de son ineffable essence?

GALILÉE.

Je ne sais... Mais pourquoi en serait-il ainsi?

LE MOINE.

N'ai-je point le droit de m'effrayer en te voyant ainsi penché sur l'abîme du scepticisme, et déjà saisi de vertige!...Ce qui importe à l'humanité, ce n'est point de connaître où est le point fixe dans le monde des corps, mais d'avoir une base inébranlable pour appui de sa raison vacillante et de sa morale incertaine... Que fait à l'homme éprouvé par la douleur la mobilité de la terre?... Mais il a besoin d'une foi qui le console... Ne touche point à la religion de nos pères, ne déchaîne point sur notre monde désolé l'affreux démon du doute, ne ferme point la porte à l'espérance... De la mobilité de la terre à la pluralité des mondes, il n'y a qu'un pas, et ce pas est moindre encore entre la pluralité des mondes et le renversement de notre foi... Ne le sens-tu pas? Notre esprit inquiet se ferait sur les origines des autres humanités, sur leur chute et sur leur rachat, les questions les plus indiscrètes... L'homme tombé de son trône, au sommet de la création, perdu dans l'infinie variété de créatures égales ou supérieures à lui, ne se demanderait-il pas si son rachat a valu le sang d'un Dieu?... Le dogme de la fin du monde est positif, formel, fondamental; en supposant l'univers infini, éternel, tu détruis l'économie du catholicisme... De la mobilité de la terre tu conclus à la pluralité des mondes, et de la pluralité des mondes à l'éternité de la création... Ici, je t'arrête, tu es hors l'Église.

GALILÉE.

Et cependant la terre se meut!

LE MOINE.

Non, grâce au ciel, elle est fixe sous l'œil de Dieu, *in æternum stat.* Elle ne tourne pas, elle ne tournera jamais... et l'humanité terrestre, seule vivante, seule bénie, seule aimée du Très-Haut, débarrassée de son monde de poussière, vivra dans l'infini de l'espace et du temps, revêtue de ses corps transformés, et formant une société sublime dont la société catholique est un misérable symbole... Voilà la vérité... Adieu... Puisse la bonté céleste arracher de ton sein ce germe de mort éternelle...

(Il sort.)

GALILÉE (*seul*).

Elle tourne, elle tourne, dis-je... et cependant ce moine, avec raison, est sorti triomphant... Le double mouvement de la terre est une vérité soupçonnée, mais non démontrée... Il n'y a point honte présentement à suivre la voie de Tycho-Brahé...

Si j'étais dans l'erreur... si j'avais usé ma vie à la poursuite d'un fantôme... si j'étais la victime d'un dangereux mirage?... Je n'y avais jamais songé, je l'avoue... Cette théorie ébranle, en effet, les bases de la foi... de cette foi, joie de mon enfance, mon soutien et ma force dans la lutte ardente de ma jeunesse contre les séductions des sens... C'est un mol oreiller, la foi, et la tête y repose en paix .. Dans les amers chagrins de la vie, quels trésors de consolations n'y ai-je point puisés?... Mon pauvre ami a bien raison. Calmerai-je les malheureux dévorés par les misères de ce siècle de fer en leur disant : La terre tourne... Ne me répondront-ils pas : Donnez-nous les joies de la terre, vous qui nous ravissez les joies du ciel!... Ferai-je au sein maternel de l'Église une blessure plus profonde que Luther?... Il est si beau le saint édifice catholique dans son antique grandeur, imposante comme ses cathédrales... Il nous a sauvé du règne aveugle de la force, en opposant une invincible barrière aux brutales passions des hommes d'épée... Sa forte hiérarchie, son organisation puissante ont pu seules empêcher le flambeau de la science de s'éteindre dans les ténèbres de la barbarie... Tout dans cette foi sublime est en harmonie avec le cœur de l'homme, depuis l'humble naissance de l'Enfant-Dieu, poussant sur la paille ses premiers vagissements, jusqu'à la poignante tragédie du Calvaire. Soyez béni, Seigneur Jésus, vous qui avez déifié la douleur; vous qui avez su transformer nos peines en joies ineffables, quand nous les déposons aux pieds de votre Croix!... Non, il n'existe dans l'espace que cette terre imprégnée de votre sang; que le monde où vous avez apporté l'espérance, où votre bouche divine a prêché le pardon et la douce charité... Seule la terre est l'objet de l'amour du Père, elle est le but unique de la création... Tycho est dans le vrai...

Et cependant.....

Cependant... si le traité des *Révolutions célestes* laisse dans l'ombre un point important, sur tous les autres il est éblouissant de clarté!... Oui, le flambeau qui trône au centre du monde est le cœur de l'univers et vivifie tout de ses battements; il est la source de la lumière et de la chaleur rayonnante... comme il est la base de toute stabilité. Il maintient la Terre à son humble rang parmi les planètes ses sœurs... N'hésitons plus, brisons ces étroites sphères de cristal dans lesquelles une vieille routine veut enfermer la Puissance infinie... Seigneur, tu as mis au cœur de l'homme une inextinguible soif de vérité, et tu n'as pu vouloir que nos lèvres arides vinssent puiser à la coupe de la science un breuvage empoisonné... Tu es la suprême Science; pénétrer ta sagesse, c'est t'adorer.

Cherche, cherche encore, Galilée, ton œuvre est sainte... La vérité aurait-elle tant de prix, si elle n'était la récompense des plus rudes efforts?...

A l'œuvre donc, et courage!... Déjà mon esprit s'abîme dans la sublime contemplation de l'ordre céleste enfin dévoilé... et déjà — le démon de l'orgueil, malgré moi, me domine, — je sens mon front ceint d'une palme immortelle... J'en ai le pressentiment, je traverserai les siècles couronné de l'auréole de fondateur du système du monde... J'y joindrai même une autre gloire, car je ne puis parvenir au but sans la découverte d'un principe plus général, plus important dans la mécanique de l'univers que le fameux principe d'Archimède....

(Il tonne.)

Je me sens l'âme toute troublée... Sans doute, cet orage me plonge dans un pénible état nerveux...

(On frappe.)

Qui peut venir encore me troubler à cette heure?...

(Entre un homme d'âge mûr, de taille élevée, entièrement habillé de noir; ses yeux ont un éclat singulier, une expression railleuse anime sa belle physionomie.)

GALILÉE.

Qui êtes-vous?

L'INCONNU.

Qui je suis?... peu importe... je viens au nom de Copernic...

GALILÉE.

Que voulez-vous dire?

L'INCONNU.

Je viens aider le grand Galilée à rechercher l'immortel principe sur lequel il basera le système du monde pour l'éternité.

GALILÉE.

Qui êtes-vous donc pour lire au fond des cœurs?

L'INCONNU.

Je te l'ai dit, peu importe qui je suis... je suis l'amant de la vérité, le chercheur éternel, je suis l'esprit de science.

GALILÉE.

Si tu es un esprit, viens-tu au nom de Dieu?

L'INCONNU.

Je viens au nom de la suprême réalité, au nom des lois immuables, éternelles de la matière... Pourquoi pousser plus loin ta curiosité inquiète?... T'ai-je rien demandé?... Ai-je voulu obtenir de toi le sacrifice de ton âme?... Ne m'appartient-elle pas à moitié?... L'âme livrée à l'étude du monde extérieur oublie qu'il y a un Dieu... Je suis l'esprit d'examen, peut-être l'esprit de doute et d'orgueil... mais pourquoi, ô Galilée, perdre un temps précieux en interminables discours?... En quelques instants, je vais te faire trouver, à toi-même, l'objet de tes recherches depuis tant de longues années... As-tu une boule plus légère que l'eau?

GALILÉE.

Voilà.

L'INCONNU.

Leste-la légèrement en un point... puis, par ce point,

fais passer un grand cercle, mets une marque blanche sur un hémisphère, une marque noire sur l'autre.

GALILÉE.

C'est fait.

L'INCONNU.

Très-bien... fais-la flotter dans cette cuvette... prends la cuvette d'une main... place doucement ta boule, la marque blanche du côté du tableau, la marque noire du côté de la bibliothèque... Parfaitement... Tourne maintenant avec régularité et sans secousse sur un de tes talons, puis regarde...

(Pendant que Galilée fait son évolution, l'inconnu le contemple d'un air sardonique; tous deux parlent en même temps, chacun exclusivement préoccupé par sa propre pensée. Quand Galilée a terminé son monologue, il reste plongé dans ses réflexions, sans songer à son interlocuteur.)

GALILÉE.

Oui... oui... je comprends... la marque blanche n'a

point bougé, n'a point cessé de faire face au tableau... Je comprends... le mouvement de rotation est indépendant du mouvement de translation... Dans la circulation de la terre autour du soleil la ligne des équinoxes reste fixe, parce que la ligne des pôles se meut naturellement toujours parallèle à elle-même.

L'INCONNU.

Tu as compris, ô Galilée, tu l'as enfin trouvée la solution de ton problème?... Je ne t'ai rien demandé.,. Peut-être pour l'obtenir, si j'avais bien insisté, tu m'aurais vendu ton âme... mais que m'importe, à moi, une âme de plus ou de moins?... Pourquoi les esprits révoltés ont-ils choisi pour roi l'esprit de science, d'examen?... Pourquoi ?... Parce que, par un travail incessant, pénible, ennuyeux, ils sont misérablement obligés de s'attaquer aux âmes une à une... Moi je les perds en masse... et pour les achever, je les livre ensuite aux démons vulgaires... Voilà pourquoi, ô Galilée, je n'ai point marchandé mesquinement avec toi ton salut éternel... Par ton célèbre principe, en renversant le monde matériel connu de tes pères, tu renverseras le monde moral... Alors le doute pénétrera dans les esprits, et les âmes se perdront par milliers... elles n'auront plus leur étoile pour les guider dans les ténèbres... le sentiment de l'idéal disparaîtra pour laisser libre carrière aux suggestions de l'animalité... Privées d'aspirations nobles, elles voudront vainement assouvir à tout prix leur soif inextinguible de voluptés... Alors dominera le culte de la force, de la chair et des joies immondes, et le règne de la matière sera fondé... Accourez, démons impurs, éhontées amours de l'or, de la luxure et du sang!... le terrain est déblayé pour vous...

GALILÉE (*rêveur*).

Eurêka!... mon principe s'appellera le principe de l'indépendance des mouvements... Copernic, ta mémoire est vengée, et ton nom honoré traversera les siècles sous l'égide de Galilée!...

L'INCONNU.

Adieu!... J'ai mis entre tes mains la pomme d'éternelle

discorde... Le premier, tu vas entrer en lice dans le terrible duel de la science et de la foi... Dans peu, tu seras l'ennemi de l'Église... Tu te croiras un martyr de la vérité, et tu seras la proie du démon de l'orgueil... Les temps sont mûrs... Va, mon fils... répands avec joie ta malfaisante doctrine... Tes mains vont ensemencer le sol des plantes vénéneuses qui étoufferont l'arbre de la Croix.

---

# TABLE DES MATIÈRES.

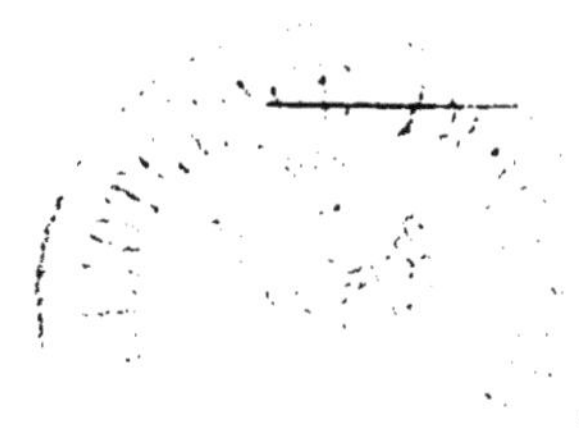




Paris. — Imp. Paul Dupont, rue de Grenelle-Saint-Honoré, 45.

www.ingramcontent.com/pod-product-compliance
Ingram Content Group UK Ltd.
Pitfield, Milton Keynes, MK11 3LW, UK
UKHW020607180726
13838UKWH00001B/486

9 782329 335810